Infiel

Kate Walker

Bianca®

HARLEQUIN®

Editado por HARLEQUIN IBÉRICA, S.A.
Hermosilla, 21
28001 Madrid

INFIEL, Nº 1616 - 5.10.05
Título original: The Twelve-Month Mistress
Publicada originalmente por Mills & Boon®, Ltd., Londres.

I.S.B.N.: 84-671-3148-9
Depósito legal: B-35992-2005
Editor responsable: Luis Pugni
Composición: M.T. Color & Diseño, S.L.
C/. Colquide, 6 - portal 2-3º H, 28230 Las Rozas (Madrid)
Fotomecánica: PREIMPRESIÓN 2000
C/. Algorta, 33. 28019 Madrid
Impresión y encuadernación: LITOGRAFÍA ROSÉS, S.A.
C/. Energía, 11. 08850 Gavá (Barcelona)
Fecha impresion para Argentina: 25.9.06
Distribuidor exclusivo para España: LOGISTA
Distribuidor para México: CODIPLYRSA
Distribuidores para Argentina: interior, BERTRAN, S.A.C. Vélez
Sársfield, 1950. Cap. Fed./ Buenos Aires y Gran Buenos Aires,
VACCARO SÁNCHEZ y Cía, S.A.
Distribuidor para Chile: DISTRIBUIDORA ALFA, S.A.

Capítulo 1

EL CALENDARIO colgaba en mitad de la pared, donde Cassie no podía evitar verlo. Mirase donde mirase, siempre estaba allí, claro y obvio. De hecho, parecía hacerse mayor con cada segundo que pasaba. La fotografía de una escena taurina llamaba la atención por sus brillantes colores y su vitalidad.

Debajo estaban las fechas, en números negros. Había una en concreto que no deseaba ver, aunque quizá lo anhelaba; ya no sabía qué pensar.

La importancia de esa fecha no estaba en sus manos, sino en las de Joaquín. No podía hacer nada al respecto. Al menos si quería evitar que las cosas tomaran un rumbo indeseado.

Pero, ¿merecía la pena seguir en una situación que no la hacía feliz?

–¡Déjalo! –se dijo, poniéndose un mechón de pelo rubio detrás de la oreja–. ¡Déjalo! No haces más que dar vueltas en círculos.

Era lo que llevaba haciendo las últimas tres semanas. Juntó las cejas por encima de sus preocupados ojos azules. Había empezado cuando la página del calendario reveló el mes de junio y allí, en medio de la tercera semana, el importante aniversario.

El aniversario que no sabía si Joaquín recordaría y,

que temía que él conmemorase como había hecho con todas sus relaciones anteriores: poniendo punto final y pidiéndole a Cassie que se fuera de su casa.

Ninguna mujer había durado más de doce meses con él. Después de un año, a veces exacto, decía adiós y rompía la relación sin mirar atrás. Al final de esa semana ella llevaría un año viviendo con él.

–Oh, Joaquín, ¿qué piensas? ¿Qué sientes?

Se preguntó si llegaría a ser más que su amante o si estaba destinada a acabar como las mujeres anteriores: fuera de su vida para siempre.

El ruido de una llave en la cerradura la devolvió al presente. Abstraída, no había oído el coche. Joaquín estaba allí, antes de lo esperado; tenía que prepararse mentalmente para darle la bienvenida.

–¡Cassandra! –se oyó en la planta de abajo.

Joaquín pronunciaba su nombre con un deje cantarín, marcando mucho la erre. Cassie intentó captar si había algo distinto en su voz, algo que le diera una pista sobre su estado de ánimo. Intentó descubrir en su tono algún tono de frialdad o alejamiento. Cualquier cosa que la previniera de lo que iba a suceder, que le proporcionara unos segundos para prepararse.

–¡Cassie!

Ese tono de voz sí era inconfundible. Incluso en esa sola palabra, se percibía un deje de impaciencia típico de Joaquín. La mayoría de la gente utilizaba la abreviatura de su nombre de forma cariñosa; Joaquín Alcolar, en cambio, lo utilizaba como reproche, cuando creía que ella le había fallado en algo.

Obviamente, había esperado que corriera a saludarlo, a besarlo, en cuanto cruzase el umbral. Cualquier otro día habría cumplido esa expectativa con presteza, pero su tribulación había hecho que tardase en reaccionar.

–¡Cassie! ¿Dónde estás?

–Aquí arriba –replicó ella, levantándose de la silla sin pensarlo. Había notado algo en su voz que iba más allá de su convencimiento de que sólo tenía que hablar para que lo obedecieran de inmediato.

Era cierto. Como hijo mayor de Juan Ramón Alcolar, un aristócrata español dueño y gerente de la Corporación Alcolar, Joaquín estaba acostumbrado al respeto, la obediencia y el cumplimiento de cada uno de sus caprichos desde el día en que nació. En la actualidad, como propietario y director de su propio viñedo, había incrementado su estatus y multiplicado su fortuna personal por cien, y exigía aún más respeto que antes.

Algunos lo apodaban «El lobo», porque había seguido su propio camino, sin pedir ayuda, ni siquiera a su familia. Otros cambiaban una letra y lo llamaban «El loco», porque no entendían que hubiera rechazado la fortuna y el prestigio que le habría dado su padre si se hubiera unido al negocio familiar.

–¡Ya voy!

No siempre lo obedecía tan rápido. A veces se resistía al tono autoritario de su voz a propósito, para irritarlo. Era una de las pocas personas, junto con su hermana Mercedes, que se lo podía permitir.

Lo provocaba si le parecía necesario darle una lección por su autocrático convencimiento de que le bastaba hablar para ser obedecido. Pero ese día no, no con esa importante fecha tan próxima y los inciertos cambios de humor de Joaquín.

–¡Has vuelto temprano! No te esperaba hasta dentro de al menos una hora.

Joaquín pensó que no sonaba muy contenta por su llegada; ése era uno de los motivos por los que había vuelto antes. Cassandra había cambiado últimamente. Eran cambios que ni entendía ni le gustaban; había confiado en que pillarla desprevenida lo ayudaría a descubrir qué tenía en mente.

–La junta tomó la decisión que yo quería antes de lo esperado. Tengo trabajo que hacer para el próximo proyecto, así que decidí aprovechar y volver a casa.

Lo cierto era que había sido incapaz de concentrarse, así que había puesto fin a la reunión para volver a casa. Sospechaba haber roto un par de límites de velocidad.

–¿Por qué te sorprende? ¿Tienes la conciencia intranquila por alguna razón?

–¿Qué? No. Claro que no –su voz sonó inquieta, como si tuviera algo que ocultar–. Es sólo que dijiste que no volverías hasta las siete.

–No esperaba volver antes. Tampoco esperaba que te quejases.

–No me estoy quejando.

Llevaba así un par de semanas, volviéndose más cortante e impredecible día a día. Y nada conseguía hacerle sonreír como antes. Nada la complacía.

Excepto el tiempo que pasaban en la cama. Eso no había perdido su atractivo. Si acaso, él la deseaba aún más, con más pasión; por su parte, Cassandra había cambiado su cualidad de amante seductora y tentadora por una exigencia y entrega que lo estremecía por su intensidad. Algo había desaparecido de su relación, empobreciéndola.

–No me quejo, me ha sorprendido, nada más –había llegado a la escalera y lo miró desde arriba.

Incluso desde esa perspectiva, que habría empequeñecido y deformado a cualquier hombre, era tan imponente y atractivo que se le aceleró el corazón.

Tenía el cabello negro como el azabache, algo largo por detrás, y los ojos del mismo color. Su piel era olivácea, bronceada por el fuerte sol de Jerez. Era muy alto, de pecho ancho, cintura estrecha y piernas largas y fuertes. El conjunto quedaba realzado por el corte perfecto del traje gris claro, la camisa blanca y la corbata de seda plateada que ya se había aflojado, por supuesto.

Joaquín Alcolar estaba acostumbrado a vestirse como un hombre de negocios de éxito cuando hacía falta. Pero en cuanto llegaba a casa, se quitaba la chaqueta y la corbata, se desabrochaba el cuello de la camisa y el aspecto de hombre formal y sofisticado adquiría una cualidad desenfadada, más viril.

–Como la reunión acabó temprano, decidí que me cundiría más el trabajo en casa que en la oficina.

–Entonces, ¿has vuelto para trabajar? –no debería molestarla, ya lo conocía. Pero aun así la irritó.

–Creí que te pondrías contenta.

–Estoy contenta.

A Joaquín le sonó a respuesta forzada. La inquietud e irritación que lo habían llevado a casa se incrementaban por segundos. Se preguntó qué hacía ella aún arriba, en vez de bajar corriendo a sus brazos.

Eso era lo que él quería, pero los deseos de Cassandra y los suyos no coincidían últimamente. La cálida espontaneidad que lo enamoró se había desvanecido, dejando en su lugar una fría reserva que lo crispaba.

–Si eso es contenta, no creo que me gustara verte desilusionada. Casi se diría que tienes algo que ocultar. ¿Qué es, querida? ¿Tienes a un amante escondido arriba? ¿Alguien a quien no quieres que vea? –su intención era que sonase a broma, pero la tensión confirió a su voz un tono oscuro, acusatorio.

–¡No seas ridículo! –ella estaba sólo un escalón por encima de él, mirándolo a los ojos. Joaquín vio en las profundidades de los de ella una chispa de algo extraño, que le erizó el vello–. ¿Por qué iba a querer un amante?

–Eso me pregunto yo. ¿Es que no te tengo lo bastante ocupada?

Ésa era la frase que debía llevarla a sus brazos, a apretar su suave mejilla contra la de él, a colgarse de su cuello. Eso lo distraería del rumbo inquieto e incómodo que llevaba demasiados días asolando su pensamiento.

–¿Cassandra?

Volvió a ver esa inexplicable nube ahumada en los ojos que solían ser de un azul brillante. Deseó agarrarla de los brazos y sacudirla, obligarla a confesar qué iba mal. Estaba seguro de que ocurría algo.

–Claro que sí –esbozó una sonrisa desganada–. Más que ocupada –por fin se inclinó y lo besó.

Pero no fue más que un roce en la mejilla, elusivo. Y volvió a sonreír como antes. Una sonrisa que no era sonrisa; que indicaba que su mente estaba en otro sitio. No con él. Odiaba la sensación que eso le provocaba.

Ella bajó el último escalón y miró hacia la cocina.

–Iba a preparar café. ¿Quieres? O quizás algo fresco. Esta tarde hacía mucho calor cuando estuve afuera.

–No ha refrescado nada.

Se preguntó qué diablos hacían hablando del tiempo. Él sólo lo hacía con gente a la que no conocía o que le caía mal. Gente con la que no se llevaba bien. Hombres de negocios, empleados, su padre… ¡No su amante, la mujer con quien vivía!

–Entonces, ¿no quieres café?

–¡No! –Joaquín no se refería a la oferta de café o bebida. No podía soportar que se estuviera alejando de él sin mirarlo. Hablando por encima del hombro, como si no le importase si le oía o no.

–¡No! –fue tras ella, airado, con pasos largos y furiosos. Le puso la mano en el brazo y la detuvo, haciéndola girar en redondo.

–¡Joaquín!

Él ignoró su protesta; a pesar de que sus dedos apretaban con fuerza la carne blanca que exponía el vestido si mangas de color turquesa. Sus ojos oscuros y ardientes escrutaron su rostro, deseando penetrar en su mente, en su alma, ver qué escondía allí.

–¡No! –repitió, sin saber por qué. Sólo sabía que no le gustaba cómo se sentía desde hacía ya demasiado tiempo. Ella le provocaba sentimientos que nunca había tenido antes.

Quería regresar a su antigua vida. Recuperar la sensación de tener el control, saber hacía dónde iba… qué quería. Odiaba la sensación de estar a la deriva en un barco sin timón… todo por culpa de esa mujer.

–De acuerdo, nada de café. ¿Qué te pasa hoy?

–Nada. No me pasa nada.

–Entonces, deja de comportarte como un oso gruñón. Yo sí quiero beber algo, así que…

Miró los fuertes y bronceados dedos que seguían apretando su brazo, y después su rostro. El reproche de sus ojos fue tan obvio que él la soltó instintivamente y dio un paso atrás.

–Perdona.

–Está bien –volvió a lucir esa sonrisa vacía, que Joaquín odiaba por insincera. De repente, su expresión cambió–. No, lo cierto es que no está bien. ¡En absoluto! ¿Cómo te atreves a maltratarme de esa manera?

–¿Maltratarte? –estaba tan indignado que la palabra casi resultó incomprensible–. ¿A eso lo llamas maltratarte? ¿Qué te ha ocurrido, Cassie? No solías ser así. Solía gustarte que te tocara…

Lo asaltó una oleada de ira por su rechazo. La miró fijamente y capto su expresión vigilante, el destello de algo nuevo e incierto en las profundidades de sus ojos azules.

–Te encantaba…

–¡Pero no como acabas de hacerlo! ¡Eso no me ha gustado, ni mucho menos encantado!

–¿Te he hecho daño? Si es así lo siento…

–¡No me has hecho daño! Al menos, no en el sentido que piensas.

La inclinación de su barbilla era desafiante, pura provocación. Ver el brillo de sus ojos provocó una reacción de las partes más masculinas de su cuerpo. La sangre empezó a galopar por sus venas.

Él supo que tenía que tocarla, tocarla de verdad. Quería abrazarla, besarla hasta que el rechazo de sus ojos desapareciera.

–Puedes pedir perdón hasta ponerte morado, ¡no servirá de nada! –espetó, furiosa–. ¡No puedes tratarme así!

El aguijón de sus palabras hizo que él se detuviera a pensar. No le gustó el rumbo de sus pensamientos.

Joaquín juntó las cejas; no sabía qué emoción dominaba en la mezcla de incredulidad, incomprensión e ira que burbujeaba en su interior.

–Tratarte, ¿cómo?, querida. Cassandra, esto no tiene sentido. ¿Qué te ha puesto de tan mal humor?

–¡Tú!

Cassie sabía que pisaba terreno peligroso. Si no iba a decirle la verdad, se estaba arriesgando al sugerirla siquiera. Se había jurado que no diría nada hasta que Joaquín sacara el tema de su primer aniversario juntos. Pero la acusación que acababa de hacer se acercaba demasiado a lo que la carcomía por dentro.

–¡Y no me toques!

–Oh, no, mi preciosa… –negó con la cabeza, su voz sonaba como el ronroneo de un depredador–. No puedo hacer eso, es imposible. No puedo estar contigo, cerca de ti, y no tocarte. Con sólo mirarte te deseo, y lo sabes. Incluso ahora, con ese mal genio, mis dedos se mueren por tocarte.

Estiró el brazo y puso una mano en su nuca.

–Por acariciarte –con el pulgar, empezó a trazar delicados círculos eróticos en su mejilla, despertando cada nervio, cada poro de su piel.

–Por abrazarte –deslizó la otra mano por el lado derecho de su cuello, provocándole escalofríos. Un momento después tenía su rostro entre las manos y lo atraía hacia el suyo.

–Por besarte… –murmuró sobre sus labios.

«¡No!», protestó la mente de Cassie con pánico al comprender el poder que tenía sobre ella. A menudo utilizaba la fiera y ardiente pasión física que había entre ellos para evitar lo emocional. Para librarse de hablar de cosas importantes.

Como su futuro, si es que lo tenían. Intentó mover la cabeza, liberarse, pero él la sujetaba con firmeza.

—Cassandra, querida, ya sabes cómo me afectas.

También sabía cómo él la afectaba a ella. Estaba ocurriendo en ese momento, aunque quería resistirse.

El beso era Joaquín en estado puro. Pura tentación, pura seducción. Le robó la capacidad de pensar, y la dejó flotando en un mar de sensaciones, derritiéndose, sin saber dónde iba ni por qué.

—Joaquín… —suspiró el nombre contra sus labios.

—Entonces, mi belleza, ¿qué estoy haciendo ahora? ¿Cómo te estoy tocando? —preguntó él con voz risueña.

La rodeó con los brazos, atrayéndola con fuerza suave pero irresistible.

—¿Cómo te estoy sujetando? ¿Estoy maltratándote?

—No…

—¿Debería quitarte las manos de encima?

—¡No! —protestó ella al sentir que la presión de sus brazos disminuía—. No… ahora no…

Para su corazón, que la soltara era morir un poco, perder algo precioso para ella, algo que deseaba conservar a toda costa.

Al mismo tiempo, indeseada e inoportuna, la voz del sentido común le susurraba al fondo de la mente: «No, no, no, no…», una y otra vez.

Era como estar en medio de una guerra civil emocional. Una parte de ella anhelaba rendirse a la atracción sexual de las caricias de Joaquín, a la llama que su beso había encendido. Otra parte exigía saber por qué se lo ponía tan fácil. Por qué se rendía sin oponer resistencia.

Era porque no quería luchar. No quería oponerse a

sus propios sentimientos, al deseo de aceptar y devolver cada beso, cada caricia. Con sólo un beso y un abrazo, su cuerpo entero ardía con un deseo incontrolable. Ansiaba apretarse contra él, sentir su calor y su virilidad.

—Ahora no… —repitió Joaquín.

Posó la boca en su cuello y dibujó un seductor camino de besos, desde el hombro a la mandíbula. Cassie nunca habría creído que un beso pudiera provocar tal variedad de sensaciones.

Por lo visto, un beso en el cuello podía ser duro y suave a la vez, liviano primero y enérgico después. Podía ser tan tierno y tentador que le daban ganas de llorar por su dulzura. Y también agudo y con un toque de crueldad, cuando le raspaba la piel con los dientes, o daba pequeños mordiscos que le hacían gemir.

—Ahora no —repitió él contra la curva de su mandíbula—. Ahora no te estoy maltratando, sino tratándote como se debe tratar a una mujer. Como un hombre debería tocar a su mujer, como quiero tocar a mi mujer.

Mi mujer.

Las palabras fueron como una bofetada que la sacó de su aturdimiento y le hizo mirar la realidad de cara.

Mi mujer. El tono posesivo de su voz revelaba más sobre Joaquín que cualquier otra cosa.

—Entonces, mi belleza, ¿continuamos con esto en un lugar más cómodo?

Mi belleza. Mi mujer.

Para Joaquín lo importante era lo que poseía, lo que controlaba, lo que podía dominar. Dirigía su vida con una disciplina despiadada, casi brutal. Todo era como él lo quería y nada sucedía sin su aprobación.

Eso lo había llevado al éxito y lo mantenía en él.

Dominaba su juego, estaba en la cima de la montaña. Todo debía ocurrir de acuerdo con sus propios términos.

Ella había entrado en su vida y vivía con él según sus términos. Se preguntó si también esperaba que se marchase según sus términos; que saliera por la puerta cuando él lo creyera oportuno, quisiera o no; que obedeciera siempre sus órdenes.

–¿Querida? –Joaquín había notado su súbito silencio, el retraimiento que la había apartado de él, mental aunque no físicamente–. ¿Qué ocurre?

Cassie abrió la boca para contestar, pero tenía la garganta demasiado seca y tensa. Tuvo que carraspear con fuerza poder hablar.

–Creí que habías venido a casa a trabajar. Y yo necesito ese café.

Al menos, tenía la voz tan áspera y ronca que su excusa era creíble. Se lamió los labios con nerviosismo. Los ojos de él vigilaron el movimiento como un halcón. Ella se estremeció.

–Estoy seca.

La quietud de él desveló cómo se sentía, el enfado que intentaba controlar. Joaquín Alcolar no era un hombre que se rindiera a la cólera o perdiera los estribos. Su furia era fría, dura como el hielo, amarga como el cruel frío invernal, pero no por eso menos brutal.

Y siempre iba precedida por unos de esos súbitos silencios. Su largo cuerpo se tensaba como el de un depredador al ver a su presa, esperando el momento adecuado para atacar.

–¿Tienes sed? –su tono de voz dejó claro que lo consideraba ridículo. Le parecía imposible que alguien eligiera su necesidad de beber al festín sensual que él pretendía disfrutar.

—Sí.

No pudo decir más. Agachó la cabeza, evitando sus ojos. Si los miraba vería en ellos la ira que no expresaba su voz y perdería el coraje.

—Te dije que tenía sed cuando bajé. Sigo teniéndola. Iba a hacerme un café…

—Bromeas, ¿no?

Ella comprendió que no podía creerla. No podía creer que se resistiera a su seducción. Que lo rechazara.

Lo peor era que nunca jamás lo había pensado. Había supuesto que sería como masilla en sus manos, que lo dejaría todo por él y haría su voluntad, sin preguntas. Que respondería a él tan rápida y obediente como un perro bien adiestrado. Y que si le pedía que saltara, ella le preguntaría hasta qué altura.

—¿Por qué iba a bromear? —intentó adoptar un aire despreocupado que estaba lejos de sentir. La mirada de esos ojos era peligrosa y estaba demasiado tenso.

—Cassie…

No llegó a decir lo que pretendía. Mientras pronunciaba su nombre con esa brusquedad rasposa, oyeron una llave introducirse en la cerradura.

La puerta se abrió un segundo después. Un hombre alto, moreno y fuerte como Joaquín estaba en el umbral, silueteado contra el sol que aún lucía afuera.

—¿Cassie? —dijo el nombre con una voz muy similar a la de Joaquín, con idéntica entonación y acento. Pero mientras que la de Joaquín había sonado fría y distante, la de él sonó tan cálida y acogedora que ella se volvió hacia él con alivio. Sus ojos se iluminaron y sonrió.

–¡Ramón! ¡Entra!

–Ramón –Joaquín no dijo el nombre de su hermanastro con el tono de bienvenida y cariño usado por Cassie–. ¿Qué haces aquí? ¿Y de dónde diablos has sacado las llaves de la casa?

–Estoy invitado –contestó Ramón tranquilamente–. Y las llaves… bueno, Cassie me prestó las suyas para que no tuviera que esperar fuera. Toma, querida…

Sonrió y le lanzó las llaves. Mientras las atrapaba al vuelo, Cassie captó la mirada ceñuda de Joaquín y no pudo evitar una tenue sonrisa.

Joaquín no estaba contento con la súbita aparición de su hermano. Quizás incluso estuviera algo celoso. Eso era esperanzador. Podía utilizarlo para averiguar los verdaderos sentimientos de su amante.

Dio dos pasos hacia delante, envolvió a Ramón en un cálido abrazo y apretó la mejilla contra la suya.

–Entra, Ramón. ¿Te apetece beber algo? Estábamos a punto de tomar café.

La expresión del rostro de Joaquín le levantó tanto el ánimo que pensó que casi había merecido la pena el riesgo que había corrido al provocarlo tanto.

Capítulo 2

MALDITO Ramón!

—¡Maldito, maldito sea! —Joaquín dio un puñetazo al marco de la ventana mientras miraba el jardín en bancada que llegaba hasta la piscina, donde el agua destellaba con los últimos rayos de sol.

Lo maldijo por aparecer en mal momento. Por entrar en la casa como si le perteneciera, sonreír así a Cassandra e interrumpir…

Se preguntó qué había interrumpido y se quedó paralizado, con el puño apretado. Esa vez, la lista de blasfemias en español fue mucho más salvaje y dura, dirigida contra él mismo, en vez de contra su hermano.

Ése era el problema real, qué había interrumpido. La incómoda preocupación que le rondaba la mente, que corrompía y distorsionaba todo, hasta el punto de que ya no sabía qué pensar.

Había llegado a pensar que su plan de regresar a la finca antes había tenido éxito. Creyó que su seducción había disuelto el mal humor de Cassandra, librándola de esa actitud fría y distante, tan inusitada en ella. Había creído que estaba lista, como había ocurrido siempre en el pasado, para dejar las diferencias atrás y reconciliarse donde mejor sabían hacerlo: en la cama.

La llegada de Ramón había interrumpido todo eso.

Él se quedó bufando de frustración mientras su mujer y su hermanastro hacían café y charlaban con afabilidad.

Ramón tenía la costumbre de aparecer inesperadamente, cuando menos falta hacía. Al fin y al cabo, había aparecido sin anunciar en la puerta de su padre, que desconocía su existencia, justo en el momento en que Juan Alcolar y su hijo legítimo pasaban por el peor periodo de su relación. Y allí estaba de nuevo, Ramón: uno de los hijos ilegítimos, porque también estaba Alex. Pero Ramón era el hijo que reunía todo lo que su padre deseaba, lo tenía todo a su favor, excepto no ser el heredero legítimo de Juan.

–¡No! –masculló en voz alta, para reforzar la palabra.

No era culpa de Ramón ser quien era. No era culpa suya que su padre fuera un mujeriego que no podía mantener puestos los pantalones cuando estaba con una mujer. Era hijo de su padre; no cabía duda. Sólo había que verlos a los tres juntos, estaba claro como el agua.

Tampoco era culpa de Ramón haber aparecido en medio de la incómoda y fastidiosa confrontación entre Cassandra y él. Esa clase de confrontaciones eran cada vez era más frecuentes. Hasta el punto de que la irritación que se sentía en ese momento empezaba a ser la norma en vez de la excepción que había sido al principio de su relación.

Al principio…

Los duros rasgos de Joaquín se suavizaron y el recuerdo llevó una sonrisa a su sensual boca.

Al principio su relación había sido increíble. Maravillosa, fantástica y devastadoramente sensual. Los había dominado un torbellino de deseo y pasión sexual. Incapaces de dejar de tocarse, no se atrevían a besarse en público por temor al fuego desatado que prendía en ellos. Si estaban en casa, estaban en la cama. Tenía la impresión de que durante los seis primeros meses sólo salían del dormitorio para comer.

Pero eso había cambiado mucho en los últimos tiempos. Arrugó la frente. El sexo seguía siendo fantástico; el mejor, al menos para él. Cassandra lo excitaba como no lo había hecho ninguna otra mujer. Pero fuera de la cama, solía tener la sensación de que su mente estaba en otra parte.

–¡Cassandra! –su proceso mental se detuvo al ver la escena que se desarrollaba al otro lado de la ventana.

Mientras él había optado por una ducha para librarse del calor y el cansancio del día, Cassie había decidido nadar. Traspuesto, clavó los ojos color ébano en la alta y esbelta figura que bajaba por el sendero hacia la piscina. Tenía la larga melena rubia recogida en una cola de caballo y llevaba puesto un biquini rosa intenso.

–¡Bella! –exclamó con fervor, casi con reverencia. Había pensado que después de doce meses juntos el efecto que le provocaba su belleza habría disminuido. Pero no era así. Allí estaba, inmóvil y atrapado por su imagen; como si le hubieran dado un puñetazo en la boca del estómago.

El biquini no era tan microscópico como otras cosas que le había visto puestas en la intimidad, pero para un hombre que conocía su cuerpo tan bien como él, ver cómo se pegaba a sus curvas era un puro tormento. El brillante color contrastaba con el de su piel, tan sólo levemente dorada tras un año allí.

A Joaquín se le secó la boca. Se tensó con sólo pensar en deslizar las manos por esa piel satinada, por las largas y esbeltas piernas, subiendo hasta la cintura, costillas arriba, hacia sus senos.

–¡Diablos!

Esa vez, el pinchazo de deseo fue tan fuerte que se quedó sin aliento. Estaba duro, caliente, hambriento. Ver a Cassie acercarse al borde de la piscina y levantar los brazos por encima de la cabeza, realzando sus bien formados senos, era como un tormento delicioso al que deseaba poner fin y también prologar infinitamente.

Deseaba a esa mujer. Las palabras no podían describir su necesidad de ella. Doce meses haciendo el amor no habían disminuido su pasión. Si acaso, la deseaba aún más que la primera vez que la vio y pensó que moriría si no le hacía el amor, ¡pronto!

Ella se puso de puntillas, dio un saltito y se tiró de cabeza a la piscina. Antes de que llegara a sumergirse, Joaquín estaba en marcha. Había dejado caer la toalla con la que se estaba secando el pelo y corría descalzo escaleras abajo. Libró el último tramo de un salto y salió hacia la piscina.

Cuando llegó al punto desde el que ella había saltado. La cabeza rubia rompía de nuevo la superficie, la larga cola de caballo flotaba en el agua, y parecía más oscura mojada. Cassandra sacudió la cabeza para quitarse el agua del rostro y empezó a nadar a braza hacia el otro extremo de la piscina.

No lo había visto, no sabía que él estaba allí. Pero pronto lo sabría, Joaquín no tenía intención de esperar. La quería en sus brazos, con el cuerpo apretado contra el suyo. Y la quería ya. Se lanzó al agua de cabeza y empezó a nadar tras ella a crol.

Cassie supo de la presencia de Joaquín por el súbito sonido de su poderoso cuerpo penetrando en el agua. Un momento después había emergido y la perseguía con brazadas fuertes y rápidas.

Tuvo una desconcertante sucesión de sensaciones.

Primero fue sobresalto. Puro y sencillo sobresalto por lo inesperado de su llegada, por el súbito ruido y movimiento del agua.

Le siguió la aprensión. Incertidumbre al no saber por qué estaba allí, qué quería, qué humor tendría.

Pero, de repente, al recordar las veces que la había seguido así, los viejos hábitos pensamiento y acción se impusieron. Sabiendo que era buena nadadora, la había retado a una carrera hasta el otro extremo de la piscina.

–De acuerdo, entonces –instintivamente, empezó a nadar con fuerza.

Al principio le sacaba ventaja, pero al mirar por encima del hombro vio que Joaquín se acercaba. Euforia y excitación inundaron sus venas, llevándola a nadar más rápido, poniendo todo su corazón y energía en ello.

Mantuvo la ventaja casi hasta el final. Pero en el último momento, él la adelantó y tocó el borde de la piscina unos segundos antes que ella.

–¡De acuerdo, tú ganas!

La inquietud de esa tarde se evaporó mientras jadeaba, intentado recuperar el aliento. Dejó caer las piernas y apoyó los pies en el fondo. Se pasó la mano por el rostro para quitarse las gotas de agua.

Joaquín estaba cerca, medio dentro, medio fuera

del agua, apoyado contra el borde de la piscina. Esbozó una sonrisa triunfal.

–¡Fanfarrón!

Lo cierto era que tenía derecho a fanfarronear. A diferencia de ella, respiraba tranquilamente; su ancho y musculoso pecho subía y bajaba lentamente, como si hubiera cruzado la piscina dando un paseo por el borde, en vez de nadando a toda velocidad.

Las gotas de agua se deslizaban por su piel morena y se juntaban formando un diminuto río entre el oscuro vello de su pecho, bajando hasta su vientre. A Cassie se le secó la boca al verlo, tragó saliva con disimulo.

–Puede, pero he ganado. Así que me debes algo –Joaquín sonrió de nuevo, sus ojos chispearon.

Cassie sintió un nudo en el estómago. No serviría de nada simular que no lo entendía. El primer día que descubrió cuánto le gustaba nadar y lo rápida que era, la retó a una carrera.

–Para hacerlo más interesante –dijo–, competiremos por un premio. Quien pierda paga prenda al ganador, lo que éste pida.

Así que al ver su sonrisa, y oír sus palabras, Cassie supo lo que le pasaba por la cabeza.

–¡No ha sido una carrera auténtica! –protestó.

–Tampoco lo fue la última vez, cuando ganaste tú –le recordó Joaquín–. Pero reclamaste tu premio.

El brillo de sus ojos se acentuó, recordándole sin palabras el premio que había reclamado, y que él no había olvidado. Sintió que todo su cuerpo debía estar sonrojándose. Rememoró la pasión con la que él cumplió su deseo de que le hiciera el amor allí, en la piscina, a la luz del crepúsculo.

Pero de eso hacía cinco semanas. Cinco semanas desde la última vez que habían nadado juntos. Desde entonces Joaquín había tenido muy poco tiempo para relajarse, para el ocio, para ella. Todo había cambiado. La pequeña fisura que se había abierto entre ellos se había convertido en brecha, y de brecha en abismo; ella empezaba a preguntarse si podría cerrarse de nuevo.

Lo peor era que sabía que ella era responsable en gran medida. Su incapacidad de esconder sus sentimientos y su preocupación los había distanciado.

–¿Qué es lo que quieres?

Vio que una chispa al fondo de sus ojos se encendía como una llama y supo lo que tenía en mente. Pero un segundo después, para su sorpresa, él bajó los párpados y le miró la boca.

–Un beso –dijo con voz suave–. Sólo un beso. ¿Es demasiado pedir?

Ella dudaba que fuera a detenerse con un beso. El beso llevaría a una caricia, y a otra, y terminarían haciendo el amor. Se preguntó si era eso lo que quería.

Pero en su mente no cabía la incertidumbre de antes; seguía sintiendo la adrenalina provocada por la carrera. El puro placer sensual de estar con el agua hasta la cintura, sintiendo los rayos del sol en los hombros y la cabeza, era suficiente para hacerle olvidar el sentido común y la frialdad. Además, estaban los sentimientos que le provocaba ver el delgado y musculoso cuerpo moreno de Joaquín, aún húmedo. Su rostro perfecto estaba girado hacia ella, dorado por el sol, con los ojos negros y brillantes como el azabache, los pómulos altos y afilados bajo la piel bronceada.

Se sintió mareada de excitación, tensión y admiración. La necesidad subió a la superficie y prendió. Se rindió a esa necesidad y estiró el brazo y pasó la mano por sus hombros anchos y rectos, sus brazos y después los músculos que dibujan su pecho, dibujando círculos en el vello oscuro que salpicaba su piel.

–Cassandra… –Joaquín se movió convulsivamente bajo su mano. Su voz sonó suave y grave–. ¿Vas a darme mi beso?

Como se estuviera en trance, se inclinó hacia delante y posó los labios en su pómulo, sintiendo la leve aspereza de su piel masculina, saboreando su sabor, su aroma personal. Supo que estaba perdida, pero le dio igual.

–Eso, querida –protestó Joaquín cuando se apartó un poco–, no ha sido un beso. No paga la prenda.

Cassie se obligó a mirar las sensuales lagunas oscuras de sus ojos; al verlo sonreír supo que había leído la respuesta en su mirada.

–¿Ah, no? –consiguió decir–. Entonces tendré que esmerarme más.

–Mucho más.

–¿Qué te parece esto? –casi sin terminar de hablar, capturó su boca con los labios, tentando y jugueteando, deslizando la lengua entre el fino labio superior y el inferior, más lleno y sensual. Lo oyó jadear. Su boca se abrió bajo la de ella, y su lengua accedió al juego erótico, atrayéndola hacia su interior.

–Eso está mejor –masculló él contra su boca–. Eso es un beso. La clase de beso que quería.

Puso los brazos alrededor de su cintura y la atrajo hacia él. Fue tan rápido que los pies de ella se elevaron del fondo y flotó hacia él sintiendo la suave caricia del agua fresca.

Cuando sus caderas se encontraron con su cuerpo no encontró suavidad y frescor, sino algo duro, caliente y muy masculino. Sentir la poderosa fuerza de su excitación a través del biquini, le provocó un escalofrío de respuesta. Ese pequeño movimiento sirvió para incrementar la sensación de intimidad, pues él la apretó con más fuerza.

–¡Señor Alcolar! –regañó ella, burlona y provocativa–. ¡No lleva nada puesto!

–Nada en absoluto –sonrió él, sin rastro de arrepentimiento. Agachó la cabeza y la besó en el hombro.

Después, abrió las piernas para atraerla entre ellas y volvió a cerrarlas a su alrededor, aprisionándola. Puso las manos en sus caderas y la acarició con los dedos.

–Estás desnudo. Y… y excitado…

–Desde luego –aceptó él, sonriente. Ella sintió un leve tirón entre las piernas–. Pero… –sacó la mano del agua y le mostró una prenda rosa– … tú también.

Mientras la miraba a los ojos, hechizándola, sus dedos habían soltado los lazos que sujetaban la parte inferior del biquini sobre sus caderas. Tiró la prenda por encima del hombro, hacia los azulejos azules que rodeaban la piscina.

–¡Joaquín!

Cassie no sabía si su exclamación era de reproche o placer, pero era obvio que a Joaquín eso le daba igual. La situó en una posición aún más íntima, clavándose contra ella y la besó de nuevo, impidiéndole hablar y, también, pensar.

Entretanto esas manos traviesas soltaban los cordones de la parte superior del biquini, que cayó al agua.

–Ahora estás desnuda –dijo él con voz ronca, apoyando la frente contra la suya–. Desnuda, ¿y excitada?

A pesar de la nota interrogativa, Cassie estaba segura de que sabía cómo se sentía ella. Debía percibirlo en el pulso acelerado, en la respiración, en el latido desbocado de la vena del cuello. Además, él ejercía menos presión con las manos en sus caderas que la que ejercía ella instintivamente, apretándose contra él, contra su dureza y ardor.

Cuando sus manos, frías y mojadas rodearon sus senos y acariciaron sus pezones, supo que era imposible esconder su deseo. Ni siquiera quería intentarlo.

—¿Tú qué crees? —le susurró al oído. Mordisqueó con suavidad el lóbulo de su oreja y notó qué el respondía estremeciéndose.

—Creo… —sus manos se pusieron de nuevo en movimiento, recorriendo sus curvas—. Creo que podría ser. Pero también creo… —deslizó los dedos sobre su estómago, pasó por encima de los rizos mojados de su entrepierna y siguió…

—¡Joaquín! —gimió Cassie. Sus músculos internos se contrajeron al sentir la íntima caricia, su cuerpo se convulsionó de deseo—. Por favor…

—Creo que deberías decirlo tú, deberías decirme qué deseas, ¿no? —la apremió. Su sensual boca se curvó con una sonrisa cuando la miró y vio la evidencia del efecto que sus caricias tenían.

—Joaquín… —gimió ella cuando un dedo experto buscó y encontró el diminuto botón pulsátil de su placer y lo tocó.

—Dímelo…—insistió él, casi con dureza, empeñado en que dijera qué quería, aunque era obvio e imposible que él no lo supiera—. Cassandra, querida, dímelo.

—Creo… lo sé… ¡te quiero a ti! A ti —una vez dichas esas palabras, las repitió una y otra vez como una letanía–. Te deseo, te deseo –repitió con la boca en su hombro, raspando su piel con los dientes, clavando los dedos en sus músculos.

Lo oyó maldecir entre dientes, supo que estaba intentando controlarse, contenerse, y decidió llevarlo al límite, derrumbar su control.

–Te quiero aquí conmigo, cerca de mí, dentro de mí… Joaquín, ¡te necesito!

–¡Y yo te deseo a ti!

Fue un grito de rendición, una admisión de su pérdida de control. Sus ojos ardían y su rostro era una máscara de deseo. La alzó en brazos, subió los escalones de la piscina y, chorreando, fue hacia una de las tumbonas de madera y la depositó encima.

–Ahora…

Joaquín, mirando a Cassie sobre la tumbona, con el largo cabello rubio saliéndose de la cola de caballo, se dijo que eso era lo que deseaba. A esa mujer, caliente, apasionada y salvaje; eso era lo que quería de su relación. Eso era lo que merecía la pena y compensaba todo lo demás. Eso acababa con la inquietud, con la duda y dejaba lugar sólo a una emoción fuerte y desbordante.

Se arrodilló junto a la tumbona, levantó un pie delgado y elegante, aún mojado, y besó el dedo gordo.

–Joaquín… –protestó Cassie débilmente–. Estamos aquí fuera…

–No hay otra casa a kilómetros –contestó él, besando el resto de los dedos uno a uno–. Nadie puede vernos. Además, eso no te molestó la otra vez.

–Estábamos en la piscina… el agua… ¡oh! –calló de repente y cerró los ojos mientras él chupaba uno de sus dedos, rodeándolo con la lengua.

–Tenemos tanta intimidad aquí como en el dormitorio –Joaquín dejó los dedos y se concentró en su tobillo–. Así que relájate y deja que te dé placer.

A decir verdad, no sabía si el placer se lo daba a ella o a él mismo. Subió lentamente por su pierna, hacia la parte interior de sus mulos, una de las zonas del cuerpo femenino que más le gustaba. A veces sólo servía la pasión rápida, desbordante y voraz. Otras veces, lo importante era construir un paraíso sensual lentamente, apilando deleite tras deleite.

Esa vez sería así. Un tiempo para saborear. Para disfrutar al máximo de los placeres de la carne.

Pero al sentir el contacto de su boca en el muslo, Cassie gimió y bajó las manos hacia él, buscándolo, obligándolo a subir hasta que sus bocas se encontraron en un beso apasionado, más ardiente que el sol.

–Querida –murmuró Joaquín contra sus labios. Sentir sus cuerpo desnudo y caliente por el sol bajo él, hizo que olvidara su propósito de lenta sensualidad–. Cassandra, querida, eres todo lo que un hombre podría desear de una mujer, de una amante.

Situó sus fuertes y morenas piernas entre las de ella, obligándole a abrirlas, a sentirlo entre sus muslos.

–Joaquín… –fue un suave quejido, una invitación, una caricia y un reproche al mismo tiempo.

El reproche se debía a que se estaba impacientando, él lo veía en su rostro, podía leer la tormenta de pasión en sus ojos.

Eso era lo que siempre le había gustado tanto de esa mujer. No sólo igualaba su deseo, a veces su pasión era aún mayor, dejándolo sin aliento con la necesidad de estar a su altura, de saciarla y satisfacerla.

Nunca había tenido una pareja sexual como ella. No había conocido a nadie que satisficiera todas sus fantasías sexuales y, aun así, consiguiera dejarlo hambriento, deseando más.

Las manos de Cassie lo sujetaron donde estaba, sobre ella. La suave presión de sus senos contra el pecho era un tormento de deleite que lo excitó aún más.

Fue depositando besos delicados a lo largo de su cuello, provocando escalofríos y suaves murmullos hasta que ella echó la cabeza hacia atrás, sobre la colchoneta. El movimiento puso a su disposición la parte superior de su cuerpo; él besó las curvas de sus senos, una tras otra y ella se arqueó aún más, exponiendo sus pezones erectos para tentarlo.

Era una tentación a la que no podía resistirse.

–¡Ay, Dios…! –gritó Cassie cuando la boca de él se cerró con firmeza sobre un pezón, succionando y raspando la piel con los dientes–. Oh, Joaquín…

Su cuerpo se retorció bajo él, abrió más las piernas, exponiendo la parte más íntima, invitándolo…

Él contestó a esa invitación con una embestida potente e incontrolable, introduciéndose en su cuerpo y perdiéndose en el paraíso de la sensación.

En su mente no cabía el pensamiento. No cabía nada excepto el deleite físico. Su cerebro estalló con una mezcla de hambre, pasión, ardor y excitación que lo llevaron más y más alto…

Y Cassie lo acompañó cada centímetro del viaje.

Después de un año juntos, sus cuerpos estaban sintonizados. Conocían sus puntos de placer y utilizaban ese conocimiento para incitar, tentar e incrementar aún más la excitación. El calor del sol sobre la piel desnuda, el olor de las plantas al atardecer, el piar de los pájaros en los árboles realzaban el placer erótico que inundaba sus sentidos.

Estaban perdidos, entregados. Absortos el uno en el otro, se dejaban llevar por un ritmo primitivo cada vez más fuerte, más rápido e intenso. Hasta que ambos llegaron a la cima y cayeron a un precipicio de éxtasis, una explosión de los sentidos.

Cuando sus respiraciones recuperaron la normalidad, Joaquín hundió la cabeza en su cuello y lo besó.

–Por esto eres mía, Cassandra –murmuró, con la voz pesada y ronca de satisfacción–. Por esto estamos juntos, por esto hemos seguido juntos. Por esto hemos durado tanto.

Dejó escapar el aliento con un largo suspiro.

–¡Eres mía! –declaró posesivamente, dejando claro que eso era todo lo que quería.

En ese momento, repleta y exhausta por el ardor de su encuentro sexual, Cassandra se permitió creer que quizá, al fin y al cabo, eso fuera suficiente para ella.

Capítulo 3

ESA RECONFORTANTE ilusión duró el resto de la noche. Lo cierto era que no tuvo tiempo de pensar en otra cosa.

Apenas se había recuperado del torbellino sensual del asalto de Joaquín; seguía respirando entrecortadamente mientras el sudor se secaba en su piel, cuando él la levantó en brazos y la llevó dentro de la casa.

–Joaquín… –protestó débilmente. Él, ignorándola, subió la escalera hasta el dormitorio.

La depositó cuidadosamente en la cama, se tumbó a su lado y la besó en la boca. Cassie olvidó toda intención de protestar, o de hablar. Se derritió en el encanto sensual de su abrazo, disfrutando de la sensación de su cuerpo caliente y duro, del aroma de su piel.

Se dijo que por esa noche olvidaría sus preocupaciones. Esa noche no pensaría en el mañana ni pediría un futuro. Disfrutaría de lo que Joaquín le ofrecía, sin más.

En ese momento, lo que le ofrecía era más que suficiente. Se dejó envolver por una ola de placer mientras él, recitando una letanía de halagos y piropos, volvía a bajar de sus labios al cuello, del cuello a los hombros, los senos… Cuando su boca se cerró sobre un pezón, aún sensibilizado por la atención recibida poco antes, sintió el pinchazo del deseo recorrer todos sus nervios.

–Joaquín… –murmuró de nuevo, pero esta vez con anhelo en vez de protesta–. Oh, Dios, Joaquín…

Y todo empezó de nuevo.

No sabía a qué hora emergieron de la salvaje tormenta erótica que los asolaba. En algún momento, Joaquín dejó la cama y bajó. Regresó poco tiempo después con una bandeja con pan, queso, fruta fresca, una botella de uno de los mejores vinos de su viñedo y dos copas.

Joaquín le dio de comer, partiendo trocitos de pan y queso, eligiendo las mejores uvas y los albaricoques mas frescos, y ofreciéndoselos como una madre a un niño; ella sólo tenía que aceptar los bocados de su mano. Le llevaba la copa a los labios, inclinándola para que pudiese beber; después besaba la mancha roja de sus labios con gentileza, para limpiarlos.

Cuando terminaron la sencilla comida, él dejó la bandeja sobre una mesa, al otro extremo de la habitación. Después volvió, la tomó de las manos y la llevó con él al cuarto de baño. Se ducharon juntos. Joaquín le quitó las migas de la piel, lavó el jugo de fruta que había caído entre sus senos. Allí, inevitablemente, hicieron el amor de nuevo. Esa vez con una sensualidad lenta y hechicera, que fue creciendo y creciendo, llevándolos a ambos a un mundo en el que sólo importaban sus cuerpos, sus caricias, sus besos y el fuego que ardía entre ella. Por fin, esa pasión los llevó a un estremecedor clímax que acabó incluso con la fuerza de Joaquín; apenas tuvieron la energía para ir de la ducha a la cama y entregarse a un sueño tan profundo como un coma.

Apenas se habían dicho una palabra en toda la noche, reflexionó Cassie. No había hecho falta. Habían dejado que sus cuerpos, manos, bocas y sentidos establecieran una comunicación básica y primitiva en la que las palabras eran superfluas.

Pensó, incómoda, que eso había sido ayer, en pasado. Había sido una experiencia encerrada en una burbuja, un momento fuera del tiempo. Ella había permitido que la pasión siguiera su curso sin estropearla, sin sacar a relucir problemas y cosas que sólo embarrarían su relación.

Había llegado el momento de enfrentarse a esas cosas, le gustara o no. Tenía que hacerle preguntas a Joaquín; comentar cosas que no podían esperar más.

Pero Joaquín no estaba en la cama. La almohada aún tenía la marca de su cabeza, y el olor de su cuerpo se percibía en la funda y en las sábanas, pero del hombre no había rastro. Comprobó que tampoco estaba en el cuarto de baño.

Aunque no quedaba rastro del vapor y el calor que lo habían llenado la noche anterior, aún sentía los ecos de la pasión compartida. Las reverberaciones de su clímax conjunto parecían persistir en el ambiente; se estremeció con el recuerdo y salió rápidamente de allí. Cuando entraba en el dormitorio, la puerta se abrió lentamente y Joaquín entró. Se detuvo, sorprendida.

—Cassandra... —murmuró él con sorpresa—. Pensé que seguirías dormida.

–Quieres decir que esperabas que estuviera dormida –las palabras fueron un error, lo supo en cuanto las dijo.

Pero no había podido contenerlas al ver cómo estaba vestido. El traje elegante, la camisa blanca, incluso la corbata que indicaban formalidad, disciplina y, maldito fuera, ¡trabajo!

–No quería molestarte, eso es cierto –Joaquín, siguiendo su pauta, sonó formal, no frío, pero sin atisbo de calidez–. Pensé que querrías descansar después de...

Su forma de mirar la cama y el brillo que vio en sus ojos, provocó una chispa de irritación en Cassie. Pero esa chispa se convirtió en una llama de resentimiento al ver cómo la boca de él se curvaba con expresión triunfal un instante, aunque controló el gesto de inmediato. Esa sonrisa la hizo saltar y decir algo de lo que se arrepintió un segundo después.

–¿Después de que te salieras con la tuya? –escupió con rabia. Él alzó la cabeza bruscamente y algo peligroso brilló en la profundidad de sus ojos.

–Después de que nos saliéramos con la nuestra –corrigió él con sequedad.

–Lo que sea... –se obligó ella a mascullar.

A decir verdad, prefería agarrarse a la indignación, aunque no estuviera justificada. Era más cómodo y encajaba mejor con su conciencia intranquila.

No quería sentirse así, pero no tenía suficiente fuerza para impedirlo. Uno de los problemas era la vestimenta de Joaquín y el efecto físico que eso tenía en ella.

Siempre había adorado su aspecto cuando estaba aseado, arreglado y listo para el trabajo. La camisa blanca contrastaba con su piel morena y el perfecto traje enfatizaba cada poderosa línea de su fuerte y esbelto cuerpo; estaba guapísimo. Pero, además, nunca había podido resistirse al contraste entre la formalidad controlada de su ropa y el hombre desinhibido y apasionado que había bajo ella.

Había tenido ese aspecto la primera vez que lo vio: frío, elegante y controlado. Ella trabajaba como traductora para un importador de vinos inglés, que estaba negociando un contrato con Viñedos Alcolar y le había pedido que asistiera a la última y vital etapa de la negociación. Estaba sentada con su jefe ante la enorme mesa de caoba de la sala de juntas de los Alcolar cuando se abrió la puerta y entró Joaquín.

A Cassie le pareció que el mundo se detenía y se sintió transportada a un lugar en el que todo lo que creía de la vida dejaba de tener importancia. Lo miró fijamente, parpadeó, incapaz de creer lo que veía, volvió a mirarlo y ya no pudo quitarle los ojos de encima. Era como si fuese el imán más potente del mundo y ella una diminuta aguja. La atrajo en un instante, y después la ató con su magnetismo sexual; no había podido liberarse desde entonces.

Joaquín había sentido lo mismo.

Recordó el momento en que se lo presentaron, la corriente eléctrica que recorrió su brazo cuando le dio la mano y murmuró «Buenos días, señorita» con su increíble acento. Sus ojos se encontraron y tenía la impresión de que no habían vuelto a separarse.

Pero debieron hacerlo porque la reunión había seguido adelante y se había cerrado el trato. No sabía si su jefe consiguió sus términos, o si fue Joaquín el ganador; no pudo volver a concentrarse y fue un milagro que pudiera actuar como intérprete. Sólo recordaba que cada vez que hablaba esos ojos negros azabache se clavaban en su rostro con tanta intensidad que llegó a temer que la quemaran. Al principio había creído que se estaba concentrando en su traducción, tiempo después comprobó que Joaquín Alcolar hablaba inglés casi tan bien como ella y no necesitaba intérprete.

–Entonces, aceptas que yo no fui el único que deseaba lo que hicimos –las cortantes palabras de Joaquín rasgaron sus recuerdos y la devolvieron al presente.

–Yo... sí, claro –consiguió decir. Tenía que concentrarse, la conversación era demasiado importante para desvariar–. Yo... fue mutuo –dijo rápidamente. Lo vio asentir con satisfacción, pero la fría expresión de sus ojos no cambió.

–Me alegra oírlo –dijo él con cinismo–. Nunca he forzado a una mujer y no pretendo empezar contigo.

No le hacía falta y lo sabía bien, se dijo Cassie. Lo ofendía que ella pudiera estar insinuando que su técnica de seducción no era perfecta. El elevado número de mujeres bellas, inteligentes y ricas que había pasado por su vida desde que se convirtió en hombre, eran testimonio de sus legendarias proezas sexuales, y él no querría que esa reputación quedara en entredicho.

–No, no he dicho que me forzaras.

–Entonces, ¿qué diantres te pasa?

A Joaquín le estaba costando mucho adaptarse a la mujer con la que se había encontrado al regresar al dormitorio. Había salido de la cama a desgana, sólo porque tenía asuntos de negocios pendientes que no podían esperar. A pesar de que su cuerpo y su instinto exigían que se quedara allí, tomara a Cassandra en sus brazos y la despertara a besos, el sentido común y la obligación lo habían llevado hacia la ducha.

Debería haberse ido directo a la oficina, antes de que empezara el calor, pero no había podido resistirse a volver al dormitorio para ver a Cassandra de nuevo.

Pero la sensual durmiente que había dejado acurrucada, se había transformado en la mujer que llevaba unas semanas dándole problemas. Una mujer tensa, susceptible, de lengua afilada e imposible de entender. Una mujer con cambios de humor impredecibles cuya mente parecía estar en otro mundo.

–Había pensado…

–Pensaste que porque tuvimos una noche… sexual, estaría contenta quedándome aquí tumbada, desnuda, esperando a que mi dueño y señor regresara para seguir.

–Sí… ¡no! Bueno… ¿qué diablos tendría eso de malo? –no había pretendido que se quedase esperándolo, pero no le parecía tan mala idea. Deseó que no hubiera dicho «desnuda». Él ya lo había visto, era inevitable, pero estaban acostumbrados a estar desnudos juntos y estaba haciendo un esfuerzo por no prestar atención.

Pero la palabra «desnuda» y lo de estar allí tumbada, combinado con el recuerdo de la apasionada noche, le nubló el cerebro. Era como restregarle la situación por la cara, haciendo que su mente se concentrara en una sola cosa: no podía mantener una discusión lógica con una mujer ilógicamente airada que estaba de pie ante él ¡completamente desnuda!

–¿Qué diablos…? –repitió Cassandra, con violencia–. ¿De veras crees que estaría dispuesta a hacer eso?

–Bueno, sigues aquí en mi habitación –señaló Joaquín–. Esperándome. Y… –sus ojos recorrieron las suaves curvas, el esbelto cuerpo expuesto ante él, el triángulo de vello entre las piernas. Comprendió su error cuando su cuerpo reaccionó haciendo que sus pantalones pasaran de cómodos a demasiado ajustados–. Y estás desnuda –masculló.

La reacción de Cassandra lo perturbó. Por primera vez desde que estaban juntos, pareció avergonzarse de su desnudez. Cruzó las manos sobre el pecho, sus ojos se oscurecieron y abrió la boca con gesto de horror. Era algo nuevo, que no le gustó lo más mínimo.

–Toma… –estiró la mano y le tiró una bata de algodón negro–. Ponte eso.

Mientras ella se ponía la prenda, Joaquín pensó que no sabía si se la había ofrecido para paliar su vergüenza o para tranquilizarse él mismo. No podía hablar con ella desnuda. La indignación había dado brillo a sus ojos y se había ruborizado; era una distracción irresistible.

Su desnudez era pura provocación para cualquier hombre. Todo lo que había en él de masculino lo incitaba a responder de la forma más básica y primitiva. Sabía, por la expresión de Cassandra, que hacerlo sería un grave error y por eso le había dado la bata.

Un momento después, cuando ella se ató el cinturón, comprendió que no servía de mucho. La bata era de él y le quedaba enorme. Le llegaba casi hasta los tobillos, las mangas le colgaban y el cuello dejaba entrever el principio de la curva de sus senos. A su manera, la prenda era otra forma de tortura, pues le daba un aspecto aún más femenino y vulnerable, enfatizando la fragilidad de sus huesos y la esbeltez de su cuello.

La mirada de sus ojos lo hirió como un cuchillo.

—¡Maldita sea! —exclamó con violencia—. No hace falta que actúes como si mi mirada fuera a contaminarte.

La nota salvaje de su voz hizo que ella alzara la cabeza y abriera los ojos de par en par, asombrada. Él supuso que debería explicarle que estaba más airado consigo mismo, por el conflicto entre su mente y su virilidad, que con ella. Pero no sabía cómo expresarlo con palabras, y tampoco quería intentar explicar algo que ni él mismo entendía.

—No… no estaba pensando eso.

—¿Qué pensabas, querida? —el término afectuoso sonó tan ácido que adquirió el significado opuesto—. ¿Por qué ver tu cuerpo, que he visto, tocado y besado mil veces, de repente se ha convertido en un crimen?

—¡No he dicho eso!

—No, pero lo has insinuado.

La miró de arriba abajo, sin molestarse en ocultar la cólera que empezaba a emerger como la lava de un volcán en erupción.

—¿No te parece un poco tarde para hacerte la recatada? Anoche no tuviste tantos remilgos para estar conmigo.

—¡Anoche fue anoche! —escupió Cassandra—. ¡Era distinto!

—Distinto, ¿en qué? —exigió él—. ¿Y hoy? ¿Es el momento de arrepentirse?

Casi lo destrozó que ella desviara la mirada, incapaz de contestar. Hizo un esfuerzo para mantener el poco autocontrol que le quedaba y apretó los labios.

–¡Pensé que habías disfrutado! –el esfuerzo por luchar contra las imágenes eróticas que llenaron su mente, contra la reacción de su cuerpo, hizo que perdiera el control de su tono de voz. La frase sonó más dura y grosera de lo que él pretendía; a juzgar por la expresión de Cassandra, a ella también le dio esa impresión.

–¿Y disfrutar es lo único importante? –sus ojos destellaron en desafío, advirtiéndole que había excedido el límite que ella consideraba razonable.

–¡Es bastante importante! –replicó él con exasperación–. Nunca te había oído quejarte antes.

–¿Y que no me haya quejado antes implica que todo va bien?

–Cassie, si quieres quejarte de algo, ten la cortesía de decirme de qué se me acusa.

Había vuelto a utilizar su diminutivo. Cassie sabía que con Joaquín era una advertencia del peligro que se acercaba. Al pensarlo se le secó la boca, dejándola sin palabras. No sabía qué decir, no podía controlar los miedos que le quemaban la mente hasta el punto de que temía que él los leyera en sus ojos.

–¿Cassie? –insistió Joaquín, con una sonrisa helada que a ella le provocó un escalofrío–. ¿No tienes nada que decir? ¿Nada de qué quejarte?

Sabía que tenía que decirle algo. Pero viendo a Joaquín con ese humor peligroso y extraño, no se atrevió a explicarle la verdadera razón que justificaba su estado.

–¡Vas a trabajar! –barbotó. Él soltó una risa seca y escéptica.

–Voy a trabajar –afirmó con cinismo–. Como hago casi todos los día. ¿Hay algún problema con eso?

–Yo… –Cassie se cerró más la bata, sintiendo la necesidad de ocultarse a esos ojos abrasadores que la escrutaban como si pudieran ver el fondo de su alma–. No creí que fueras a ir. Al menos, no hoy.

Se reprochó su cobardía. En realidad no era ese día el que importaba, sino el viernes. El día de su aniversario. Eso era lo importante para ella.

–¿Y por qué hoy no? –Joaquín giró con brusquedad, metió las manos en los bolsillos y empezó a andar por la habitación.

Justo cuando Cassie, incapaz de soportar la semejanza que tenía con la de un inquieto gato salvaje enjaulado, iba a hablar, él giró de nuevo y la miró.

–Ah, entiendo… ¿por lo de anoche? No querías que fuera porque…

–¡Pensé que teníamos que hablar! –lo cortó Cassie, desesperada por llevar la conversación hacia el tema de su futuro. Era obvio que Joaquín pensaba que le habría gustado pasar el día en la cama, pero eso no era todo.

–Tengo que trabajar. Ayer volví temprano para trabajar aquí, pero no lo hice, ¿verdad? –su mirada pareció preguntarle quién lo había alejado del escritorio, quién le había hecho cambiar el trabajo por el sexo.

–No necesitas trabajar –rezongó Cassie con rebeldía.

La empresa vinícola estaba bien asentada y dejaba beneficios enormes. Joaquín podría contratar a un gerente y vivir de las rentas para siempre. De hecho, ella lo admiraba por trabajar, en vez de llevar una vida de playboy, pero no iba a admitirlo en ese momento. Estaba dispuesta a utilizar cualquier argumento.

–Quiero trabajar –la voz de Joaquín sonó dura y todo rastro de sonrisa desapareció de su rostro.

Cassie, al ver su expresión gélida, comprendió que aunque llevaba un año viviendo con ese hombre, no lo conocía. Había una parte oscura y profunda de su ser que él le ocultaba.

–Tengo que hacer muchas cosas antes del viernes. Sabes que el viernes es un día muy importante.

Ella lo sabía muy bien. Se preguntó si él lo consideraba importante por las mismas razones que ella.

Capítulo 4

CASSIE se rindió a la cobardía y decidió no arriesgarse a descubrirlo. Su madre siempre decía que era mejor no hacer preguntas de las que no se quería conocer la respuesta. Y había una respuesta que no quería oír.

–¿El viernes? –preguntó. Se miró al espejo e hizo una mueca de disgusto al verse.

Perdida en la bata negra, diseñada para el cuerpo alto y masculino de Joaquín, y el pelo rubio revuelto como un nido de pájaros, estaba horrible. No se parecía en nada a la mujer elegante y profesional que había atraído a Joaquín en aquella reunión de negocios.

No podía preguntarle si tenían un futuro juntos con «ese» aspecto. Su orgullo y su autoestima se lo impedían. Alcanzó el cepillo y empezó a pasárselo por el cabello.

–¿Por qué es tan importante el viernes? –sabía que sólo estaba retrasando el momento que decidiría su destino. Pensó que quizá no debía preguntar, sino seguir como estaban un poco más. Repetir una noche como la anterior–. ¿Qué ocurre entonces?

–Me reúno con los compradores de Londres; nos reunimos con los compradores de Londres –rectificó.

–¿Nos? –repitió Cassie, frunciendo el ceño ante el espejo–. ¿Quieres que vaya yo?

–Por supuesto, eres mi intérprete.

–¡Pero son ingleses! No me necesitas. Hablas un inglés perfecto, posiblemente mejor que algunos de ellos.

–Eso lo sabemos tú y yo –Joaquín esbozó una sonrisa traviesa, mostrando unos dientes blanquísimos contra su rostro moreno–. Pero ellos no tienen por qué saberlo. Al menos, a estas alturas de la negociación. Prefiero que piensen que no entiendo todo lo que dicen. Puede que se les escape algo.

–¿Algo que puedas utilizar en tu ventaja?

–Obviamente. ¿Qué más podría importarme?

Cassie se preguntó qué más podría importarle, que no fuera el negocio. Qué podría importarle tanto como hacer dinero, ofertas y tratos. Se estaba engañando con la esperanza de que pudiera tener algo más personal y emocional en su cabeza.

Ya tenía el pelo casi desenredado, pero estaba tan lacio y sin brillo como ella por dentro. La horrorizó sentir que las lágrimas le quemaban los ojos, parpadeó y se volvió hacia Joaquín, que estaba en medio de la habitación, serio y con las manos en los bolsillos.

–¿Quieres que te acompañe a una reunión de negocios el viernes?

–Una cena de negocios –corrigió Joaquín–. Los llevaremos a cenar… ¿A qué diablos viene esa mirada?

–¿Qué mirada? –Cassie intentó evadirse, sin éxito.

Joaquín siempre había sabido percibir cuándo intentaba ocultarle la verdad. Por eso le estaba costando tanto disimular su preocupación esas últimas semanas. Por una vez, había agradecido su adicción al trabajo. Cuando él salía, podía dejar caer la máscara y rendirse al miedo que la atenazaba.

–¿Qué mirada? –repitió Joaquín con sorna.

Cruzó la habitación, la agarró de los hombros y la hizo girar, enfrentándola al espejo. Cuando ella intentó zafarse, sujetó su barbilla para obligarla a mirarse.

–¡Esa mirada! La que sugiere que he cometido un pecado horrible por el cual debería pedirte perdón de rodillas.

–¡Eso es ridículo!

–¿Ah, sí? ¿En serio? Mírate, Cassie, ¡mírate! –ordenó, mientras ella se resistía, no queriendo enfrentarse a su imagen.

Cassie sabía lo que veía, pero se preguntó si Joaquín veía lo mismo o había malinterpretado su expresión. Quizá donde ella veía ansiedad y un rostro que intentaba ocultar el dolor y el miedo que la acompañaban desde hacía días, él veía algo distinto. Algo que le hacía pensar que estaba enfadada y alejada de él. Que era ella quien tenía un humor difícil y problemático.

En ese momento, tan vulnerable como se sentía, la idea le supuso cierto alivio. Era obvio que le importaba poco la cercanía de su aniversario. Menos que poco, ¡nada! Incluso había organizado una reunión de negocios y quería que ella actuase como su empleada.

–¿Sabes qué día es el viernes? –preguntó. La rápida y reveladora reacción de Joaquín le partió el corazón.

Echó la cabeza hacia atrás y entrecerró los ojos. Todo rastro de expresión desapareció de su rostro como por ensalmo; sus rasgos se volvieron tersos y rígidos, parecía una estatua de mármol.

–Claro que sé que día es. El día en que nos conocimos, hace un año.

–Entonces…

–Ah, entiendo. Se supone que debo ponerme sentimental, ¿no? ¿Flores y bombones?

Ella sabía que estaba provocándola a propósito, pero no pudo resistirse a contestar. Además, seguramente era mejor táctica que dejarle ver su devastación interior.

–Bueno, ¡esperaba algo! –la asombró el sonido frío y chillón de su voz–. Lo que recibo es una reunión de negocios. Peor aún, una reunión en la que debo trabajar.

–Esa reunión se organizó hace mucho tiempo.

–¡Oh, no lo dudo! –exclamó. Ya debería estar acostumbrada a las prioridades de Joaquín. Los negocios estaban antes y por encima de todo; lo demás daba igual–. Y aunque no fuera así, no la cancelarías.

–No –sonó frío, inexpresivo y terminante–. No podría cancelarla aunque quisiera.

–Y no quieres.

–No.

Joaquín maldijo para sí. No entendía lo que le pasaba a Cassandra últimamente. Nunca sabía qué mujer lo estaría esperando cuando llegara a casa. Si sería la Cassandra que lo había encandilado y enamorado desde el primer momento, o la criatura difícil, cambiante y malhumorada que se había apoderado de ella en las últimas semanas. La primera Cassandra habría entendido que la reunión había sido convocada meses antes y que no podía cancelarla aunque quisiera.

La Cassandra que tenía ante sí no parecía entender nada de nada. Menos entendería que él había trabajado mucho últimamente para darse espacio y tiempo, para intentar aclarar sus ideas y tomar decisiones.

–Mira, sé exactamente qué día es el viernes, pero tampoco es que tengamos algo digno de celebrar. Si nos hubiéramos casado sería distinto…

La reacción de ella demostró cuánto le disgustaban sus palabras. Echó la cabeza hacia atrás y tensó el rostro. Sus ojos se volvieron más oscuros y fríos, e incluso sus labios parecieron afinarse y tensarse como si contuvieran algo amargo y duro que anhelaba decir.

–¿Es eso? –exigió con brusquedad–. ¿Es eso lo que quieres? ¿Buscas el matrimonio?

Ella pareció aún más consternada. Horrorizada.

–Matrimonio… ¡No! –movió la cabeza y la melena rubia se agitó en el aire–. ¡No! –repitió, tirando el cepillo de pelo sobre la cama–. ¡De ninguna manera! ¡Nunca! Si piensas que deseo que te arrodilles y me supliques que me case contigo, estás muy equivocado.

Joaquín admitió para sí que se había confundido. No sabía si sentía alivio o pesar por su error. El día anterior habría dicho que dominaba el alivio, en ese momento no estaba tan seguro.

–¡Te dije que yo no me comprometo! –gruñó.

–¿Y cuándo te he pedido yo que lo hicieras?

–Entonces los dos nos entendemos.

–Perfectamente –le lanzó Cassandra. Fue hacia el armario y abrió la puerta. Miró fijamente su contenido, pensando en qué ponerse.

–¡Bueno!

–Sí, ¡bueno! –masculló ella–. Por una vez pensamos lo mismo.

Entonces sí que lo dominó el alivio. Un alivio abrumador y total por no haberse sincerado con ella. No podía creer lo cerca que había estado de decir algo realmente estúpido. Algo que ella no deseaba.

Algo como «Te dije que yo no me comprometo, pero por ti…»

Por ti, ¿qué? Si hubiera empezado esa frase, ¿cómo la habría terminado? No lo sabía. Ni siquiera podía decirse a sí mismo qué sentía, excepto que quería mantener lo que tenía con esa mujer.

No sabía si para siempre. No creía en el amor eterno. Quizá lo hizo de niño; entonces habría dicho que quería un matrimonio como el de sus padres: perfecto, fiel, amoroso. Después, a los quince años, descubrió que el matrimonio era una ilusión. Su padre había sido infiel no una, sino dos veces. Y tuvo un hijo de cada relación.

Peor aún, descubrió que la relación que los había engendrado a su hermana y a él nunca se basó en el amor, sino en el deber y la conveniencia, en la necesidad de un heredero para el negocio familiar y en puros intereses económicos.

Había visto el rostro devastado de su madre, había oído cómo lloraba en la cama y las broncas que rasgaban el silencio de la noche. Dejó de creer en el amor y el compromiso eternos. Desde entonces, nada había conseguido hacerle cambiar de opinión.

Si acaso, su propia experiencia había reforzado lo que decidió tantos años atrás. Era hijo de su padre. Igual que Juan Alcolar, no estaba hecho para una relación larga, exclusiva y fiel. Ninguna mujer le había durado más de un año. Se cansaba de ellas y seguía adelante, sin mirar atrás.

Pero no estaba cansado de Cassandra. En absoluto. La noche anterior lo había demostrado con creces.

Sin embargo, no sabía qué sentía ella. Últimamente cambiaba de humor a todas horas, no podía adivinar lo que pensaba y sentía. Parecía inquieta y nerviosa. Más de una vez, había pensado que quizá ella deseaba cambiar de aires. Que quizá había encontrado a otro.

Pero no podía olvidar la noche anterior. Se dijo que si su mente y su corazón estuvieran ya en otro sitio, le habría sido imposible responder ante él de esa manera tan intensa, sensual y satisfactoria.

—Entonces, ¿estamos de acuerdo?

—Mmm… —Cassandra tenía la cabeza metida en el armario y su respuesta resultó incomprensible.

—¿Ninguno de los dos quiere más de lo que hay? —continuó Joaquín, sintiéndose como si se moviera en aguas infestadas de tiburones, donde podía ocurrir cualquier cosa—. ¿Lo que acordamos desde el principio?

—Sin ataduras, sin compromisos… —dijo Cassandra, concentrada en el vestido que acababa de sacar. Examinándolo con un cuidado excesivo.

—¡Exacto! —el tono de su voz hizo que ella lo mirara un segundo y, durante un instante, Joaquín se preguntó… Pero ella sonrió y asintió con fuerza.

—¡Exacto! —confirmó con voz firme—. Eso es lo que ofreciste desde el principio. Siempre fuiste sincero conmigo. ¿Alguna vez te he pedido más?

—No —Joaquín esbozó una amplia sonrisa para ocultar el caos de emociones que sentía en su interior—. Por eso encajamos tan bien, por eso estoy tan cómodo contigo. No quieres más de lo que puedo dar.

—No —dijo Cassandra, su voz sonó extraña, estrangulada—. No quiero más de lo que puedes dar.

Desvió la mirada hacia el reloj que había en la mesilla. Cuando volvió a hablar, su tono de voz sonó completamente normal, así que Joaquín se preguntó si se empezaba a imaginarse cosas.

–Si tienes que ir a trabajar, más vale que te vayas –dijo ella, como si ya no la molestara–. O llegarás tarde.

–Volveré en cuanto pueda.

Se acercó y le dio un rápido beso en los labios, queriendo demostrar el alivio que sentía al haber atravesado ese difícil e incómodo escollo para, tal vez, pasar a otra etapa. Lo sorprendió comprobar que ella no respondía con el fervor habitual. Se dijo que quizá no hubiera superado el enfado hasta el punto que él creía.

Pero no tenía tiempo para pensarlo o para desperdiciarlo discutiendo. Si no se apresuraba llegaría tarde. Podían hablar por la noche.

–Te veré esta noche –le dijo–. Seguiremos por donde lo dejamos…

Miró su rostro y luego la cama revuelta, sin dejar duda posible sobre a qué se refería. Al menos allí no tenían dificultades para comunicarse con toda claridad.

–Esta noche –repitió, yendo hacia la puerta.

–Adiós –dijo Cassie cuando se alejó, su voz sonó aguda y temblorosa–. Adiós, mi amor.

Con los ojos llenos de lágrimas, se llevó los dedos a la boca, como si quisiera aprisionar ese beso de despedida. Podría ser, debía ser, el último que recibiera de Joaquín, y quería retenerlo el mayor tiempo posible, saborear el tacto de su boca cuanto pudiera.

No había conseguido hacer la pregunta. Se había acobardado, por puro terror a escuchar una verdad que no quería oír. Pero no le había hecho falta hablar. Joaquín había contestado a la pregunta claramente, evitándole tener que hacerla.

«Te dije que yo no me comprometo».

«Ninguno de los dos quiere más de lo que hay».

«Sin ataduras, sin compromisos».

«No quieres más de lo que puedo dar».

No necesitaba saber más. Joaquín no podía ponerlo más claro. No veía un futuro para ellos. No quería más de lo que ya tenían. Sin duda, era pura suerte que aún no hubiera impuesto su usual norma de finalizar la relación al año de su inicio.

No, no era suerte. Recordó sus últimas palabras, cómo la había mirado antes de irse y cómo miró la cama. Cassie se dijo con tristeza que sabía por qué no había impuesto su norma aún.

Por el sexo.

«Seguiremos por donde lo dejamos…»

Y lo habían dejado en la cama. Haciendo el amor apasionadamente…

Negó con furia. No haciendo el amor, sino practicando un sexo ardiente y apasionado. Ardiente, apasionado pero sin emoción.

Eso era. Eso era todo lo que él veía entre ellos. Lo único que le importaba y lo único que quería.

No era suficiente para ella. No era lo único que quería. Definitivamente no era lo único que le importaba.

Lo amaba muchísimo. Amándolo tanto, no podía soportar estar con él sabiendo que no sentía nada por ella.

Así que tenía que irse.

No lo deseaba, pero no tenía otra elección. Lo que Joaquín podía darle no era suficiente para sustentarla ni para mantener su corazón contento. Antes o después la mataría. Al final drenaría incluso el profundo pozo de amor que sentía por él. Y eso la destruiría más que marcharse en ese momento.

Si se iba ya, el dolor sería menor a la larga. Sería un corte limpio, agudo, de un golpe, como una amputación, que acabaría por cicatrizar. Nunca sanaría del todo. Siempre habría una parte de sí misma, de su corazón, vacía y dañada, pero al menos sería capaz de funcionar.

Si se quedaba podría acabar destrozada o, peor aún, odiando a Joaquín tanto como para desear destruirlo también a él.

Tenía que irse, aunque no tenía dónde ir.

Era mejor hacerlo mientras Joaquín no estuviera, para que no intentase detenerla. Si lo intentaba, por la razón que fuese, se rendiría y permitiría que él la pisoteara, al menos emocionalmente. Sólo tenía que decir «quédate» y, tonta que era, se quedaría, aferrándose a la vana esperanza de que un día habría algo más.

–Y nunca lo hará –suspiró en voz alta–. Nunca. Lo ha dejado muy claro.

No podría haberlo dejado más claro. El hacha que cortaría su relación no había caído aún, pero no podía engañarse. Caería cortante y seca, cuando Joaquín decidiera que también se había cansado de ella en la cama. Había dicho más o menos eso y ella, dolida y demasiado asustada para demostrarlo había reaccionado con pánico. Había jugado un papel, había sido más fría, dura y exigente de lo que nunca sería en la realidad.

Cuando Joaquín regresara a casa y descubriera su partida, recordaría sólo ese papel. Recordaría que se había enfadado porque no iban a celebrar su aniversario. Pensaría que eso la había llevado a hacer la maleta y marcharse. Nunca se le ocurriría que habría mentido al decirle que no quería más de lo que él podía dar.

Cassie movió la cabeza. No quería más de lo que podía darle, voluntaria y felizmente. Si él no podía darle su corazón, su amor, no iba a quedarse y dejarle ver que quería y necesitaba más.

Era mejor irse rápida y calladamente, mientras él no estaba. Se llevaría sólo lo mínimo imprescindible y se iría, si se le ocurría dónde ir.

El sonido del teléfono que había junto a la cama la hizo girar y correr a contestarlo; una inesperada esperanza le aceleró el corazón.

—¿Joaquín?

Quizás había cambiado de opinión y llamaba para pedirle disculpas, para admitir que había cambiado de opinión, que quería pasar el día con ella…

Pero la voz que escuchó, aunque parecida, no era la de Joaquín.

—Hermano equivocado, preciosa —dijo Ramón—. Quería hablar con Joaquín pero supongo, por tu pregunta, que no está contigo.

—No…, no está —se dijo que probablemente nunca más lo estuviera. La verdad la golpeó como un mazazo y Cassie se dejó caer en la cama, temblorosa—. No está aquí, Ramón. Se ha ido a trabajar.

Ella pensó que había controlado su voz. Que había borrado el traicionero temblor, el rastro de las lágrimas. Pero no era así. Algo la delató.

—¿Qué ocurre, Cassie? —exigió Ramón.

Cassie pasó la mano por la almohada en la que había reposado la oscura cabeza de Joaquín. Ya no estaba caliente, pero aún mantenía el aroma de su piel y lo inhaló con desesperación.

–¿Cassie? –repitió Ramón–. ¿Qué ha ocurrido?

–Se acabó, Ramón… –se obligó a decirlo, aunque le partía el corazón oírlo en voz alta–. Hemos roto. Ya no estamos juntos… voy a dejarlo.

–¿Qué? –Ramón blasfemó con violencia–. ¡Pero yo creía que erais perfectos el uno para el otro! Ay…, no me lo digas, Joaquín y su maldita norma del año. ¿Ha sido eso?

–Algo parecido –contestó Cassie con tristeza. Se acercaba lo suficiente a la verdad y no le apetecía dar detalles.

–¡Ese hombre está loco! –masculló él–. ¡Loco! Cassie… no dejes que te haga eso. Tienes que luchar…

–¡No! –interrumpió Cassie, temiendo que Ramón la persuadiera para quedarse–. No ha sido decisión de Joaquín… sino mía. Soy yo quien se va.

El silencio al otro lado de la línea casi la destrozó.

–¿Tú? –preguntó él poco después.

–Joaquín tenía razón, Ramón –dijo Cassie–. Esta relación sólo era cosa de un año. Llegamos al final, no queda camino que recorrer.

Al menos, Joaquín no estaba dispuesto a recorrerlo, se dijo con tristeza.

–Se acabó. Voy a mudarme hoy. Sólo tengo que encontrar un sitio donde quedarme hasta…

Ramón no dejó que terminase la frase.

–Iré ahora mismo –afirmó con rotundidad–. Te ayudaré a hacer las maletas, puedes quedarte en mi casa.

Capítulo 5

CON UN suspiro, Cassie se preguntó si una semana podía durar tanto como ésa, mientras se servía un vaso de agua mineral con hielo. Cada día desde que dejó la casa de Joaquín para instalarse en el piso de Ramón había durado una eternidad.

Una eternidad solitaria y deprimente que no parecía mejorar, por mucho que intentara convencerse de que lo haría. Y lo había intentado.

Cada noche, cuando oscurecía y se tumbaba en la cama se decía que el día siguiente sería otro día. Que sería mejor. Que tenía que ser mejor. No podía ser peor.

Pero cada mañana amanecía con la misma sensación de pavor, con la misma temerosa anticipación de las largas horas que tendría que sobrellevar hasta que pudiera buscar santuario en la oscuridad y el silencio. Y cada noche, sin poder dormir, deseaba con toda su alma estar de nuevo con Joaquín. No haberlo dejado.

Cuando dormía, las pocas horas que conseguía hacerlo, soñaba que estaba de vuelta con él, en la gran casa de la colina, sobre el viñedo. En el dormitorio que Joaquín y ella habían compartido, en su cama. Soñaba que estaba acurrucada contra su fuerte cuerpo, segura entre sus brazos. Los sueños eran tan reales, tan intensos, que despertaba pensando que eran ciertos, con el cuerpo ardiendo de deseo y necesidad de él.

Suspiraba, se estiraba y lo buscaba con la mano...
Y no estaba allí.

La terrible vuelta a la realidad llegaba acompañada
de una devastadora sensación de pérdida. Se quedaba
tumbada, dolida y vacía, anhelándolo tanto que se
acurrucaba con un gemido de dolor. Las lágrimas es-
capaban de sus ojos, incontenibles, y mojaban la almohada, que todas las mañanas aparecía con manchas
húmedas, testimonios silenciosos de la tristeza de la
noche.

Oyó un coche y su ánimo mejoró un poco. Ramón
estaba en casa. Al menos tendría alguien con quien hablar, alguien que la distrajera. Alguien que la ayudara
a resistir la tentación de volver a la casa que había
compartido con Joaquín. Más de una vez al día esa
tentación le resultaba casi irresistible.

Una vocecita en su cabeza le preguntaba qué daño
podía hacer. Pero ella lo sabía muy bien. Había dicho
adiós a Joaquín en su mente, no en su corazón, y si lo
veía de nuevo perdería la fuerza que había adquirido
esa semana lejos de él.

Como una drogadicta a quien ofrecieran una dosis
gratuita, sería incapaz de no aceptarla, y el resultado
sería la destrucción de su esperanza de alcanzar cierta
paz mental. Si veía a Joaquín, acabaría volviendo con
él. Era tan inevitable como que el sol saliera cada día.
Si volvía con él sólo sería con la perspectiva de sufrir
un dolor amargo en un plazo no muy lejano. Joaquín
había dejado claro que no buscaba nada permanente
con ella, que no quería compromisos. Regresar sólo
retrasaría, no prevendría lo inevitable.

El sonido del timbre interrumpió sus pensamientos.
Cuando lo siguió un golpeteo persistente en la puerta

de madera maciza, sonrió y movió la cabeza, asombrada por la impaciencia de Ramón.

–¡Típico Alcolar! –rió–. ¡No sabe esperar!

En eso se parecía a su hermano. Al oír otro golpe, apretó el cinturón de la bata que se había puesto después de ducharse y fue hacia el vestíbulo.

–¿Qué ha pasado, Ramón? –preguntó, abriendo la puerta–. ¿Has olvidado tu llave, encanto?

–Ramón, tienes que decirme si sabes dónde demonios está…

Las palabras, ásperas y cortantes, se mezclaron con las suyas mientras miraba al hombre que había en el umbral. El hombre al que más deseaba ver, pero que rezaba por no ver de nuevo para que no la destruyera.

Joaquín Alcolar en carne y hueso. Una ojeada a sus asombrosos rasgos, deshizo el arduo trabajo de una semana, como ella había temido. Se sintió débil, vulnerable y presa de las incontrolables emociones que emergieron de lo más profundo de su corazón.

–He buscado en todos los malditos sitios que… –percibiendo el silencio, Joaquín se quedó inmóvil y la miró. Clavó los ojos negros en su rostro atónito y los entrecerró–. ¡Tú! –masculló, la palabra sonó forzada y rasposa, como si tuviera la garganta seca.

–¡No! –la reacción de Cassie fue rápida e instintiva. Dejándose llevar por el miedo, incapaz de pensar, intentó cerrarle la puerta en las narices, para que no la afectara más. Para que él no se diera cuenta de lo que ya había sentido al verlo. Pero no tuvo tiempo.

Rápido como una víbora atacando, la mano de Joaquín se disparó contra la puerta, deteniéndola a medio camino. Se miraron durante un par de segundos; Cassie intentando cerrar, Joaquín impidiéndoselo. Al principio parecían equiparados en fuerza, pero luego él empujó con más ímpetu y Cassie tuvo que rendirse. Soltó un grito de desesperación y pánico cuando la grande, oscura y amenazadora figura del hombre entró en la habitación.

–¡Vete! –no pudo decir más y supo que no serviría de nada cuando él la miró con tanta arrogancia y desdén que pulverizó su débil intento de protestar como si fuera un mosquito que se hubiera posado en su mano.

–¡Ni lo sueñes! No pienso irme hasta enterarme de qué está sucediendo.

–Pero qué… qué haces aquí. ¿Por qué…?

–Ah, no, querida –la cortó él brutalmente–. Ésa es mi pregunta. Cerró la puerta a su espalda de una patada.

Después la miró de arriba abajo. Desde el pelo rubio suelto, pasando por la bata de seda verde, hasta los pies descalzos sobre el suelo de madera.

–Tengo que preguntarte qué diablos haces aquí, en el piso de mi hermano… y vestida así.

Cassie sabía que la bata estaba perfectamente cerrada pero aun así, al someterse al cruel escrutinio de sus ojos, le pareció que la protección del delicado tejido se esfumaba, dejándola expuesta y vulnerable..

–Yo… ahora vivo aquí… –consiguió decir, atando y desatando el cinturón con movimientos convulsivos, de puros nervios.

–¿Ah, sí?

La pregunta la puso aún más nerviosa, se estremeció con el tono de su voz, que la hizo pensar en rocas puntiagudas y frágiles barcos que se estrellaban contra ellas.

–Sí. Así es –consiguió inyectar una nota de desafío en su voz. Pero se quedó callada al ver que él alzaba una ceja con cinismo, expresando desdén sin palabras–. Vivo con Ramón –afirmó, utilizando las palabras como un escudo contra él, o contra sus propios impulsos.

No podía pensar con claridad. Sólo deseaba que él se marchase antes de hacer algo estúpido, como tirarse a sus brazos, decirle que lo amaba y que si la aceptaba...

«Vivo con Ramón».

Las palabras quedaron impresas tras los párpados de Joaquín, introduciéndose en su cerebro, cegándolo. «Vivo con Ramón». Se dijo que no podían significar lo que él estaba pensando...

Entonces recordó el día que llegó a casa inesperadamente, una semana antes. Cassandra había estado muy rara. Nerviosa como una gata sobre ladrillos calientes. Y Ramón había aparecido, con la llave de ella, y el rostro de Cassandra se había iluminado...

Ramón, que solía aparecer de la nada. Lo había hecho años antes, diciendo y probando que era hijo de su padre con otra mujer. La mujer que Juan Alcolar decía amar, mientras que la madre de su hijo legítimo era sólo su esposa por conveniencia. Eso hizo que Joaquín dejara de creer en el amor, la honestidad y la fidelidad. Supo que «vivieron felices para siempre» no era más que una fantasía.

Y ahora Cassandra. Su Cassandra. Su mujer.

«Vivo con Ramón».

No podía ser verdad, era imposible. Pero lo cierto era que estaba allí, en bata, sin duda esperando a Ramón. Era evidente que no llevaba nada debajo de la fina bata. Sus senos se movían suavemente, libres de la restricción de un sujetador, nada marcaba la suave línea de sus caderas…

Apretó los dientes con furia, tragándose la palabrota que deseaba escupirle. Soltó el aire con un siseo, intentado controlar su ira lo suficiente para hablar.

–Estás viviendo aquí, ¿con mi hermano? ¿Has estado aquí todo el tiempo? ¿Mientras yo te buscaba?

Ella tragó saliva, incapaz de hablar, pero asintió con firmeza, mirándolo a los ojos.

–Entiendo… –lo entendía muy bien. La comprensión le corroyó el alma como un ácido–. Dime, ¿cuándo ocurrió esto? –se enorgulleció de que su voz sonara tranquila, casi fría, en contraste con el volcán que ardía en su interior–. Es obvio que ha sido muy repentino.

–No tanto, me lo había estado planteando.

–¿Y no se te ocurrió decirme nada?

Se maldijo por no haberse dado cuenta. Pero lo cierto era que había notado que algo iba mal. Ella estaba nerviosa e inquieta con él, no era la misma. Pero nunca se habría imaginado lo que tenía ante sí.

Se preguntó quién era la verdadera Cassandra, la mujer que él había creído conocer…

–Lo intenté, pero…

–¡Lo intentaste! –exclamó él, asqueado–. Oh, sí, señora, lo intentaste. Te quejaste de que fuera a trabajar, dijiste que no querías actuar como intérprete el viernes…, ¡de eso si que te libraste! Para el viernes habías desaparecido de mi vida y no tenía ni idea de tu paradero. ¡Te fuiste y sólo dejaste una maldita nota!

Se apartó de ella y empezó a pasear por la habitación, con los ojos nublados, reviviendo la noche en que había vuelto para encontrarse con una casa vacía silenciosa.

La había llamado, pensando que estaría en la piscina, o en el jardín. No hubo respuesta y esperó. Puso vino a refrescar y se sentó junto a la piscina, en la tumbona en la que habían hecho el amor la noche anterior...

Esperó. Y esperó.

Había pasado mucho tiempo revisando lo ocurrido la noche anterior y lo que se habían dicho esa mañana. Tuvo que reconocer que estaba más enamorado de lo que había creído, más de lo que creía posible. Por fin había conocido a la mujer a quien no podía abandonar.

Había pensado en la decisión que había tomado ese día. Seguía sin saber si creía en el amor para siempre, pero por esa mujer quería intentarlo. Había sacado el anillo que le había comprado, tras pasar horas en una joyería, en vez de asistir a reuniones de trabajo. Se había enfrentado a una sensación desacostumbrada en él.

Miedo.

Miedo de que Cassandra no sintiera lo mismo. Que sus cambios de humor y su comportamiento en las últimas semanas implicaran que era ella quien quería darle la espalda a él. Que estaba a punto de abandonarlo. Según pasaba el tiempo, ese miedo creció más y más.

Por fin, entró en casa y encontró la nota, entre dos fotos, en la repisa de la chimenea. Era tan tópico que se habría reído si no lo asustara su contenido. La nota había confirmado sus peores miedos.

–«Siento que tenga que ser así» –citó con voz cínica–, «pero se acabó». Nada más. Ni siquiera una docena de palabras. ¿Te habría matado decir por qué?

Cassandra se estremeció al oír sus palabras, su cólera. Él no podía creer que la sorprendiera su ira, su vehemencia. ¿Qué otra cosa podía haber esperado?

Recordó con amargura la noche antes de que lo abandonara, el deleite que había sentido con ella, la pasión que habían compartido.

—No me diste ninguna pista, mujer. Dormimos juntos esa noche… —sabía que no tenía que recordarle qué noche. Ella cerró los ojos y palideció—. Hicimos el amor…—al oír eso ella abrió los ojos rápidamente y lo miró con rechazo.

—No, ¡no lo hicimos! Fue… fue sexo.

—Sexo…, sí.

Oírla utilizar ese término, sin eufemismo alguno, le dejó claro lo que ella había sentido. Que no le daba más importancia que eso. Pensarlo le quemó las entrañas.

Sabía dónde guardaba Ramón la bebida, así que fue hacia el armario, sacó una botella de brandy y la abrió. Se sirvió una copa, la alzó y la inclinó en dirección a Cassie, en un brindis burlón, antes de tomar un trago.

—Sí, tuvimos sexo —dijo con voz salvaje—. Buen sexo… ¡el mejor! —clavó los ojos negros y ardientes en el rostro ceniciento de Cassie—. ¡No te atrevas a negarlo, querida mía!

—No… no lo haría —susurró ella—. No podría…

—No, no podrías, mi belleza. Desde luego que no. A no ser que también te proclames la mejor actriz del mundo. Estuve contigo cada segundo y sé lo que sentías; cómo respondías a mí. Estabas debajo de mí; estaba contigo, abrazándote, dentro de ti. No puedes convencerme de que no estabas loca de deseo, de necesidad…

–Sí, ¡sí! Quiero decir no… –Cassie extendió las manos para detener su parrafada–. No puedo decir que no te deseara… nunca lo he hecho. Te dije en su momento que fue mutuo.

–Sin embargo, menos de veinticuatro horas después, habías hecho las maletas y te habías ido, huyendo de mí, para venir aquí… con Ramón.

Rememoró el día que Ramón había ido a la finca, la sonrisa de ella, su bienvenida. ¡Tenía sus llaves! El fuego de los celos estalló ante sus ojos como una llama roja y apretó la copa con fuerza.

–Después de lo que habíamos compartido.

–Te dije entonces que hay otras cosa aparte de disfrutar, además del sexo.

–¿Y Ramón te da más?

–Ahora mismo me da algo que tú nunca me diste –su voz sonó menos firme que antes.

Él comprendió que algo de lo que había dicho había afectado. No estaba seguro de cuál de sus frases había hecho diana, socavando los cimientos de su decisión.

Había algo que no encajaba en la situación. Algo que no acertaba a concretar; pero su instinto le advertía de que algo iba mal. Pero amargura, dolor e incredulidad se habían fundido en una masa que le nublaba el cerebro, impidiéndole pensar con claridad.

–¿Quieres una copa? –alzó la botella de brandy hacia ella con gesto interrogativo.

–No, ¿crees que deberías beber más?

–¿Si lo creo? ¿Por qué no? –preguntó Joaquín con cinismo–. Después de todo, si mi hermano puede robarme a mi mujer, tengo derecho a beberme su brandy en compensación.

–¿Robarte a tu mujer? –repitió Cassie con cara de asombro–. ¿De qué estás hablando?

–«Vivo con Ramón» –citó Joaquín, dejando la botella–. Estás viviendo con mi hermano.

–¡Eso ya lo sabes! Te dije… –de pronto, la comprensión la golpeó como una bofetada, dejándola muda. Demasiado tarde, comprendió lo que él había interpretado de sus palabras.

«Estás viviendo con mi hermano» no en el sentido de compartir su piso, sino en el sentido de «vivir con él» como había vivido con Joaquín.

–No –intentó decir, pero Joaquín no la escuchaba.

–Dijiste que estabas contenta con lo que teníamos, que no querías nada más –dejó la copa medio vacía sobre la mesa de golpe, derramando el brandy–. Entonces Ramón, mi hermano, mueve un dedito ¡y te vas! Sin pensarlo más, ¡dejándome una nota!

–No…no tuve tiempo de más –tartamudeó Cassie–. Yo…

–¿No tuviste tiempo? –Joaquín casi le escupió las palabras en la cara–. ¿Y por qué, querida? ¿Tu nuevo amante te esperaba impaciente? ¿Eres tan insaciable que has pasado de mi cama a la de mi hermanos en menos de una semana? ¿Estabas deseosa de irte con… Ramón? ¿Con mi hermano?

–¡No! ¡Lo has entendido mal! Yo no…

–No, ¿qué?, querida. ¿No me dejaste y viniste directa a estar con Ramón? ¿No te mudaste con él sin pensarlo…?

–¡Sí! ¡Me mudé con él! –intentó de nuevo–. ¡Pero no como piensas! ¡No somos amantes!

Unos ojos negros la miraron de arriba abajo, escrutando la bata corta y ajustada, las piernas desnudas y los pies descalzos.

–¡No lo somos! Cuando dije que me da algo que tú nunca me diste me refería… –se le apagó la voz cuando más la necesitaba, no sabía cómo expresar lo que le daba Ramón. Joaquín, en ese estado, no la creería si decía que era amistad. Además, el hermano de Joaquín le había ofrecido más que eso. Era pacífico, compresivo, fraternal… Pero no podía utilizar la palabra amor.

–¿A qué te referías, Cassie? –preguntó él con voz dura y ojos fríos y cortantes como el hielo, observando las emociones que cruzaban por su rostro–. ¿Qué te da mi hermano? ¿Qué te ha ofrecido para alejarte de mí?

–Él no… yo…

No pudo terminar porque el cambio de expresión de Joaquín la alertó de que se le había ocurrido algo. Vio en sus ojos que había dado vueltas a las cosas y llegado a una conclusión. Y vio en sus ojos que esa conclusión no iba a gustarle nada.

–Te da más… –masculló–. Algo que yo nunca te di. ¡No me digas que ese idiota te ha ofrecido matrimonio!

Cassie supo que se había quedado blanca como una sábana. La sangre le bajó hasta los pies tan rápido que casi se mareó.

–No… –fue un gemido patético y quedo que Joaquín, inmerso en sus pensamientos, ni siquiera oyó.

Se acercó hacia ella y la asustó la expresión de su rostro. Era como si el hombre que había conocido, su amante, con quien había vivido un año, hubiera desaparecido y otra persona ocupara su lugar. Alguien a quien no conocía en absoluto. La expresión de su rígido rostro era despiadada. No había luz en sus ojos, parecían profundos y opacos.

Se le secó la boca y retrocedió un par de pasos, pero tuvo que detenerse cuando su espalda tocó la pared. Joaquín siguió avanzando, lentamente, con determinación, sus ojos fijos ni siquiera parpadeaban.

—De acuerdo —dijo él con voz indiferente—. Picaré.

—¿Picarás? —no tenía idea de lo que quería decir—. ¿De qué estás hablando?

—Matrimonio.

—¿Ma-matrimonio? —pensó que se estaba volviendo loca. El estrés la estaba llevando a oír cosas. Cosas imposibles. Habría jurado que Joaquín había dicho…

—Sí, matrimonio.

Se pasó la mano por el pelo y flexionó los hombros como sintiera dolor. Después la miró a los ojos.

—Si matrimonio es lo que quieres, de acuerdo. Me casaré contigo.

Me casaré contigo. Cassie había soñado con esa escena cientos de veces. Muchas noches, demasiado débil y cansada para luchar contra el anhelo de su corazón, se permitía pensar, imaginar por un momento, que Joaquín le pediría que se casara con él.

En esos sueños siempre gritaba «sí, sí, ¡sí!», feliz, desbordante de júbilo, antes de que él acabase de hablar. Sin embargo, en ese momento, no encontraba la fuerza para hablar. Abrió la boca tres veces y la voz le falló todas ellas. Su lengua no podía formar palabras, era como si sus cuerdas vocales hubieran encogido y tuviera la garganta tan cerrada que no podía ni respirar.

«Si matrimonio es lo que quieres, de acuerdo. Me

casaré contigo». Había puesto el mundo a sus pies con una mano y se lo había quitado con la otra, convirtiendo el gesto en menos que nada: una mentira, una burla, un simulacro de proposición. Se parecía más a una bofetada que a la expresión de un sentimiento.

—¿Y?

—¿Debo considerar eso una proposición!

—Si es lo que quieres, sí. ¿Qué pasa, querida? ¿No es bastante romántica para ti? —la voz de Joaquín más dura y cruel que nunca.

Era imposible que el poseedor de esa voz le estuviera sugiriendo el matrimonio.

—¿Preferirías que me arrodillara ante ti? Lo siento pero no hago esa clase de gestos románticos.

—¡No haces nada romántico!

—¡Por favor, belleza! —Joaquín rechazó su protesta con un arrogante movimiento de cabeza—. No intentes acusarme de no tener gestos contigo. Te he dado…

Hizo una pausa, como si reflexionara, pero Cassie sospechó que sabía bien lo que iba a decir.

—Te he dado once palabras, dos más de las que me dedicaste tú para abandonarme. Pensabas irte definitivamente, ¿no? No lo decías con exactitud.

—Yo… —Cassie intentó contestar, de nuevo sin éxito. Estaba librando una dura batalla con las lágrimas que asolaban sus ojos y se negaba a derramar. No iba a permitir que el monstruo en que se había convertido Joaquín viera cuánto la estaban afectando sus palabras. Eran peor que dagas para su corazón ya malherido.

—¿Sí? —él simuló interés—. ¿Tú qué?

—Si creías que iba a marcharme para siempre, ¿por qué la proposición? ¿Por qué me pides que me case contigo si creías que me había ido para siempre?

–Porque no quiero que te vayas.

Cassie se sintió como si nadara en un mar oscuro, sin avanzar. No veía dónde iba ni cuál era el camino correcto. Quizá se equivocaba y Joaquín le había propuesto matrimonio en serio porque no quería que se fuera. Pero no había habido calidez, afecto o cariño en sus frías e indiferentes palabras.

–Me parece la única manera de retenerte. Decías que eras feliz con lo que teníamos, pero es obvio que no era así. Yo estaba contento con lo que teníamos…

–¿Y qué era…?

Joaquín la miró con furia. La respuesta era obvia y no necesitaba explicación. Pero el silencio de ella lo obligó a seguir hablando.

–Teníamos algo grande: lo mejor. Ya sabes cómo fue esa última noche.

–El… –a Cassie se le revolvió el estómago mientras se forzaba por decir la palabra–. El sexo.

–Por supuesto. ¿Qué si no, amada?

Su tono de voz hizo que «amada» sonara más a «odiada» que a otra cosa.

–Te deseé desde el principio, y nunca me decepcionaste. Aún te deseo. Pero te quiero sólo para mí. No estoy dispuesto a compartirte con ningún hombre, ni siquiera mi hermano. Si el precio de eso es el matrimonio, estoy dispuesto a pagarlo.

–¿Te casarías conmigo incluso creyendo que he estado con Ramón toda esta semana?

–Sólo es una semana –Joaquín alzó los hombros con una indiferencia que a ella le partió el alma–. Puedo olvidar una aberración momentánea, de unos días. Pero después de esto, ¡nunca más! Serás mía y no mirarás a Ramón ni a ningún otro.

Cassie lo miraba fijamente, sospechaba que boquiabierta de horror; pero no podía librarse del estado catatónico al que la había llevado esa fría declaración.

Se dijo que no podía hablar en serio, ¡era imposible! Pero si lo decía en broma, tenía el sentido del humor más negro, despreciable y enfermizo imaginable. Cruel, odioso y malintencionado.

—¿Cuál es tu respuesta?

—¡Mi respuesta!

Cassie, forzada más allá de sus límites, pensó que iba a estallarle la cabeza. Pero al menos el tono hiriente de Joaquín secó sus lágrimas del todo. Una llamita de furor surgió en su interior y la alimentó para avivarla.

—¿Tú qué crees? ¿Qué contestaría cualquier mujer cuerda a ese simulacro de propuesta de matrimonio? No sé cómo te atreves a pensar que podría considerarla.

Pensó que eso bastaría para hacerle captar el mensaje, pero al ver la oscuridad de sus ojos comprendió que no. Él seguía esperando una respuesta a su odiosa sugerencia.

—¡Mi respuesta es no! ¡No! ¡Nunca! ¡Jamás en la vida! No me casaría contigo aunque fueras el último hombre de la tierra y el futuro de la humanidad dependiera de ello —inhaló con fuerza y enzarzó su mirada azul con la de azabache y lo repitió con lentitud y claridad insultante—. Mi respuesta es no. No me casaré contigo.

Siguió un silencio mortal. Ella se tensó instintivamente, esperando la explosión que estaba por llegar. Una explosión de ira, protesta o rechazo, no sabía cuál. Por eso se quedó asombrada cuando él encogió los hombros con tranquila indiferencia.

–Bien. De acuerdo, si ésa es tu respuesta.

–Lo es –jadeó ella, como si acabara de correr durante horas–. Créeme, lo es.

–Bueno, en ese caso, será mejor que me vaya –su voz sonó tan tensa como se veían los músculos de su cuello y mandíbula–. Estoy seguro, por cómo vas vestida, de que esperas a mi hermano en cualquier momento, será mejor que no esté aquí cuando llegue. Buenas noches, Cassie.

Cassie no pudo evitar mirarlo boquiabierta. No podía creer lo que veían sus ojos cuando él giró sobre los talones y fue hacia la puerta.

–Joaquín… –musitó, sin saber lo que iba a decir. Pero su voz sonó sin fuerza y no la oyó.

O decidió ignorarla.

Siguió hacia la puerta con la cabeza alta, la espalda tensa y rígida, expresando con elocuencia un rechazo total. No miró atrás.

Ella se quedó paralizada, las secuelas de la tormenta emocional que la había azotado la dejaron débil y temblorosa, incapaz de pensar.

Lo dejó atravesar la puerta y cerrarla a su espalda.

Era una amarga ironía que, por fin, Joaquín hubiera hecho lo que ella más había deseado en el mundo. Le había dicho que no quería perderla. Incluso le había propuesto matrimonio.

Pero sólo había avivado su infierno personal. Un infierno en el que, al concederle su mayor deseo, un futuro con él, Joaquín le había mostrado sus verdaderos sentimientos, que eran exactamente opuestos a lo que ella necesitaba.

La deseaba. No quería perderla. La consideraba «su mujer», pero no la amaba. Se casaría con ella, para poseerla. Su oferta de matrimonio sólo pretendía garantizar que no tuviera relaciones con su hermano. ¡Su hermano!

–Ramón –murmuró Cassie en voz alta, volviendo a la realidad. Joaquín seguía creyendo que tenía una relación con su hermano. Pensaba que ella esperaba la llegada de su amante, de Ramón.

No podía permitirlo; no podía dejarle creer que su hermano había intentado robarle a «su mujer», mientras aún seguía con él. El orgullo de Joaquín no toleraba ese tipo de cosas. Algo que ningún hombre con sentido del honor le haría a un amigo, mucho menos a un miembro de su propia familia.

Joaquín no volvería a hablar con su hermano si seguía creyendo eso. Cassie no quería ser la causa de la división entre los dos hermanos que, además, habían tardado mucho en llegar a ser amigos. Joaquín veía a su hermanastro como la evidencia del adulterio de su padre, de su infidelidad; le costó mucho aceptarlo, y también a Alex, el otro hermanastro que apareció después. Cassie no podría perdonarse nunca si no hacía lo posible para que Joaquín se enterase de la verdad.

En bata y descalza, abrió la puerta y salió al descansillo de la tercera planta del edificio.

–¡Joaquín! –su llamada resonó en el vacío. Oyó unos pasos en la escalera, un piso más abajo. Pensó que si corría podría alcanzarlo.

Corrió escaleras abajo, descalza.

–Joaquín, por favor, ¡espera!

Tuvo la sensación de que las pisadas eran más lentas, quizá incluso se habían parado un segundo. No podía detenerse para escuchar, se arriesgaba a perderlo si llegaba a la calle antes que ella.

—¡Oh, por favor!

Alcanzó el suelo de mármol del vestíbulo de entrada y el corazón le dio un vuelco al ver la figura alta y oscura al otro lado de la puerta de cristal, que aún se movía.

—¡Joaquín!

Consiguió abrirla y se lanzó al exterior. Una tormenta había empapado la calle y los estrechos escalones de piedra que subían hasta la entrada.

—Joaquín, por favor. ¡Por favor, espera! ¡Escucha! Tengo que hablar contigo.

La había oído. Lo vio tensarse, dudar. Fue como si el tiempo se detuviera, borroso y desenfocado. Hasta su respiración se detuvo mientras observaba con horror la escena que tenía lugar ante sus ojos, a cámara lenta.

El pie de Joaquín estaba en el aire, bajando un escalón. Se detuvo al oírla, giró en redondo para mirarla, perdió el equilibrio y resbaló. Ella abrió la boca para gritar, pero no surgió sonido alguno.

Joaquín cayó por encima de los escalones que faltaban, hasta golpear la acera empapada. Paralizada de miedo, vio su oscura cabeza golpear con fuerza el último escalón de piedra; su cuerpo se estremeció y se quedó inmóvil y flácido sobre el pavimento, mientras la lluvia azotaba su rostro, pálido y rígido.

Capítulo 6

UN HOMBRE como Joaquín no tenía cabida en la cama de un hospital.

Era demasiado grande, fuerte, dominante, vibrante para un espacio tan pequeño. Allí tumbado, callado e inmóvil, pálido a pesar de su bronceado, parecía enjuto, más joven e infinitamente más vulnerable.

Cassie no sabía cuántas veces ese pensamiento había cruzado su mente a lo largo de esa noche, la más larga de su vida. Sólo sabía que era el más recurrente mientras deseaba poder hacer algo para cambiar la situación.

Pero Joaquín seguía allí, inconsciente e inmóvil, con el bello rostro desfigurado por un feo cardenal que se extendía por su frente, marcando el lugar del golpe. Cassie estaba sentada en la cama, sujetando su mano y rezando por que despertase y abriera los ojos.

–Joaquín, ¿puedes oírme? Demuéstrame que puedes –suplicó–. Por favor, abre los ojos. ¡Por favor!

Le costaba creer que el mundo que conocía se hubiera convertido en una pesadilla. Había corrido escaleras abajo, pidiendo a Joaquín que se detuviera; un instante después, se encontró acuclillada junto a su cuerpo inconsciente, sin preocuparse por la lluvia que empapaba la fina seda de la bata, haciendo que se pegara a su cuerpo como una segunda piel.

Gritó al guarda de seguridad que llamara a una ambulancia, intentó proteger el rostro de Joaquín de la lluvia y esperó una eternidad a que llegara ayuda. Todo el tiempo tuvo su mano entre las suyas, acariciándola, repitiendo una y otra vez que todo iría bien.

Así la había encontrado Ramón. Captó la situación de un vistazo y se hizo cargo de todo. Entonces todo se aceleró. Llegó la ambulancia, metieron a Joaquín dentro y lo llevaron al hospital. Cassie había querido ir con él, pero Ramón la persuadió para que no lo hiciera.

—Estás empapada, preciosa –le dijo–. Te pondrás enferma si no te quitas esa bata mojada. Créeme, Joaquín está en buenas manos, y tú podrás ayudarlo mejor si estás seca y cómoda. Puede ser una noche muy larga.

Había tenido razón.

Cassie se secó, se puso unos vaqueros y una camisa azul marino, se echó una rebeca de algodón blanco sobre los hombros y se calzó unos zapatos bajos. Antes de que Ramón se bebiera el café que había preparado, estaba lista y ansiosa por llegar al hospital.

Pero después las cosas empezaron a ir despacio otra vez. En el hospital todo iba muy lento. Pasaron lo que a Cassie le parecieron horas esperando, sin noticias.

En opinión de los médicos, Joaquín no tenía ninguna lesión grave. No había fracturas. Pero el fuerte golpe en la cabeza lo había dejado inconsciente. Lo tendrían en observación toda la noche y esperarían.

Así que Cassie se acomodó para la larga vigilia. Colocó una silla junto a la cama, agarró la mano de Joaquín, clavó los ojos en su rostro y esperó…

No estaba sola. Ramón estuvo con ella desde el principio, después llamó a la familia, y pronto estuvieron allí el padre de Joaquín y su hermana menor, Mercedes.

El otro hermano, Alex, ya estaba en el hospital por sus propias razones. Su esposa, Louise, que esperaba su primer hijo, estaba de parto en el ala de maternidad. Cassie se apiadó de él.

–Deberías estar con Louise –le dio–. Te necesita. Y todos están convencidos de que Joaquín se pondrá bien. No hace falta que estemos todos aquí. Si ocurre algo, Ramón y yo te avisaremos.

En realidad habría preferido estar sola, o con el silencioso Ramón. Los médicos le había dicho que era buena idea hablarle a Joaquín, quizás oír el sonido de su voz podría ayudarlo a salir del coma.

Tras una larga y solitaria semana sin él, ella agradeció la oportunidad de poder hablarle. En la oscuridad de la noche, aprovechando que Joaquín tenía los ojos cerrados y que no tenía que enfrentarse a sus reacciones, decidió expresarle sus verdaderos sentimientos, murmurando cuánto le importaba, diciéndole que era su amor, su vida, la razón de su existencia. Todas las cosas que nunca se atrevería a decirle a la cara, porque temía ver el su cambio de expresión, el desdén cínico que oscurecería sus esculpidos rasgos.

No sabía si rezaba porque la oyera o porque no fuera así. Pero por una vez, quizá la única en su vida, tenía la oportunidad de decirle al hombre que amaba lo que sentía por él, y no podía desaprovecharla.

Al hablarle a Joaquín de su amor recordó la brutal propuesta de matrimonio que le había hecho esa tarde. En su mente volvió a oír su declaración: «Te quiero sólo para mí. No estoy dispuesto a compartirte con ningún hombre, ni siquiera mi hermano».

–Ramón –dijo, volviéndose hacia él–, tengo que contarte algo.

–¿No puede esperar? –preguntó él–. Es tarde… los dos estamos cansados…

–¡Es importante!

Tenía que contarle a Ramón lo ocurrido entre Joaquín y ella esa tarde. Debía comunicarle las sospechas de su hermano y la errónea conclusión a la que había llegado. Si Joaquín se despertaba y lo veía allí, con ella, podía haber repercusiones terribles. Recordaba bien la ira de Joaquín, su salvaje amargura.

–De acuerdo.

Cassie tomó aire, preguntándose por dónde empezar.

–Si sirve de algo, creo que sé de qué quieres hablar –apuntó Ramón–. Mentiste al decir que Joaquín y tú habíais llegado al final del camino. Puede que él sí, pero de ninguna manera tú… –se interrumpió y miró a su hermano inconsciente–. ¿Acaba de…?

–Yo no he oído nada –empezó Cassie. Pero en ese momento, un débil ruido hizo que girase la cabeza. Los párpados de Joaquín se movían un poco; subieron y volvieron a caer. Él suspiró.

–¡Joaquín! –su atención se centró en él; apretó sus dedos–. Joaquín, ¿puedes oírme?

Se oyó otro suspiro, pero los ojos siguieron cerrados. Después movió un poco la cabeza y emitió un murmullo de protesta.

–¿Joaquín? –insistió Cassie. Deseó llamarlo cariño, amor mío, mi vida… pero no se atrevió.

Recordó cómo se habían separado: su incontestable

rechazo al simulacro de propuesta, cómo él se había marchado del piso de Ramón. No tenía ninguna duda de que él rechazaría cualquier muestra de afecto. Tuvo que contentarse con repetir su nombre para sacarlo de su inconsciencia.

–Joaquín, ¿me oyes?

Esa vez consiguió una respuesta. Los párpados se alzaron lentamente y sus ojos oscuros como la noche la miraron. Pero fue una mirada confusa, desenfocada; sólo estaba medio consciente.

–¿Dónde…? –consiguió decir, con voz cascada.

Cassie estaba tan acostumbrada al Joaquín fuerte, compuesto y controlador que verlo así, sin poder enfocar los ojos le destrozó el corazón.

–Estás en el hospital. Te caíste y te diste un golpe en la cabeza. ¿Lo recuerdas?

–No… –suspiró y se llevó la mano a la frente. La retiró de inmediato, con una mueca de dolor.

–¡Cuidado! –Cassie sujetó su mano instintivamente. Se mordió el labio temiendo su reacción. No soportaría que la rechazara–. Ahí es dónde te golpeaste –dijo, esforzándose porque su voz sonara neutral–. Es lógico que te duela un poco.

Le pareció que la boca de Joaquín se curvaba con una sonrisa irónica al oír ese eufemismo. Parecía estar recuperando la conciencia rápidamente, y eso la asustaba. Quería que se despertara, necesitaba ver que estaba bien y recuperándose, pero el miedo por lo que podía ocurrir le reconcomía el corazón.

Perdería la oportunidad de estar con él, en paz. Ese periodo se convertiría en un tiempo de calma entre dos tormentas. Cuando se despertara del todo y recordase la escena en el piso de Ramón ella no podría seguir allí, en su cama, acariciándole la mano. Probablemente la echaría de la habitación.

—Relájate —le dijo con cautela—. Procura no pensar en nada.

Él volvió a abrir los ojos, con más facilidad esa vez. Parecían más enfocados. Cassie se emocionó al ver que los abría del todo, movía la cabeza y la miraba.

Sonrió. Fue un esbozo de sonrisa, pero dirigida a ella. La cólera y el rechazo que esperaba, no estaban allí, Joaquín le sonreía. Su corazón se llenó de júbilo.

—Hola —le dijo con voz suave.

—Iré a decirles a las enfermeras que se ha despertado —dijo Ramón, a su espalda—. Y a papá y a Mercedes.

—Mmm —musitó Cassie. Se sintió como si hubiera recibido una bofetada. Ramón estaba justo detrás de ella, quizá Joaquín sonreía a su hermano, no a ella.

Joaquín volvió a cerrar los ojos. Podía haberse dormido o vuelto a la inconsciencia. No debería molestarlo, pero necesitaba saber la verdad. Necesitaba saber si le gustaría tenerla a su lado, como le había parecido un momento antes. Se preguntó si la amargura y la ira resurgirían o si había decidido perdonarla.

—¿Joaquín? —insistió—. ¿Estás despierto?

—Cansado… —fue sólo un murmullo, pero al menos la oía, seguía escuchando.

—¿Quiere…? —se obligó a formular la pregunta—. ¿Quieres que me vaya?

Las negras cejas se fruncieron, pero los ojos siguieron cerrados. La burbuja de esperanza que había en el corazón de Cassie se desintegró. Quizás la sonrisa había sido para Ramón.

–¿Quieres que me vaya?

Siguió sin haber respuesta. Estudió el rostro inmóvil de Joaquín: las largas pestañas negras sobre los pómulos, iluminados por la lámpara de la mesilla. Su cabello color ébano contrastaba con el blanco de las almohadas, que hacían que su piel pareciera más oscura.

Miró la bella y sensual forma de su boca. El impulso de inclinarse y besarla era tan fuerte que tuvo que esforzarse para contenerlo. La alivió que sus rasgos parecieran más relajados que unas horas antes.

Visto así, con los ojos azabache ocultos tras los párpados, parecía más joven y amable, menos peligroso. Aunque sabía que probablemente se engañaba, Cassie sintió la tentación de creer que Joaquín le había sonreído. Que aceptaría que no vivía con Ramón del modo que él había pensado y quizás…, sólo quizás, habría algo más entre ellos.

Pero sabía que era un sueño. Temía que todo cambiase si él abría los ojos. Vería la luz fría de su mirada, sus rasgos volverían a endurecerse y distanciarse; su fantasía llegaría al final.

–Dejaré que descanses –murmuró, aflojando los dedos. Un movimiento de la mano de Joaquín la detuvo.

–¡No!

Sin abrir los ojos, le agarró los dedos con fuerza. Cassie soltó un gemido de sorpresa y los párpados de él se alzaron con pesadez.

–¡No! –repitió con más fuerza, mirándola.

–¿Qué ocurre? –preguntó ella con voz temblorosa. Se preguntó si empezaba a recordarlo todo. Luchó contra el pánico que crecía en su interior.

–Cassandra, quédate, por favor… –se notó su cansancio según hablaba. Se le nublaron los ojos y los párpados volvieron a caer–. Quédate…

Aflojó la mano y volvió a dormirse. Pero Cassie no necesitaba que la retuviera para quedarse. Aunque el hospital hubiera empezado a arder, se habría quedado allí, con Joaquín. Nada la obligaría a marcharse sin él.

«Quédate, por favor», le había suplicado. Sintió que el corazón iba a estallarle de júbilo, un asombroso contraste con el miedo y la aprensión que había sentido al principio de la noche.

Le había pedido que se quedara con él. No quería que se fuera. Era lo único que necesitaba oír, ya que encerraba la promesa de mucho más. De una reconciliación y de una esperanza de futuro que había creído perdida para siempre.

A sabiendas de que Joaquín estaba dormido y no la oiría, contestó en voz alta. Sus palabras eran demasiado importantes para guardárselas.

–Claro que me quedaré –dijo, con voz cargada de emoción–. Todo el tiempo que quieras, el tiempo que me necesites.

En ese momento, por fin, ya no tuvo fuerzas para evitar las lágrimas. Dejó que surcaran sus mejillas como una cascada. No le importó, eran lágrimas de felicidad, la expresión del júbilo que sentía en su interior.

Joaquín había pasado un par de días sin saber bien lo que era real y lo que formaba parte de los extraños sueños que lo asolaban cada vez que dormía. Eran tan vívidos y confusos que los habría descrito como un delirio, aunque los médicos le aseguraron que no tenía fiebre.

La gente iba y venía y nunca sabía cuándo ni por qué. A veces abría los ojos y su padre estaba allí, o Ramón, o Mercedes sentada junto a la cama, y de vez en cuando Alex. Creía recordar que Alex había mencionado un bebé, pero todo se fundía en la neblina que invadía su mente y no recordaba detalles.

A veces era de día y el sol entraba por la ventana; otras se había hecho de noche y el mundo estaba oscuro detrás del cristal. Comía poco y sin ganas, pero bebía el agua que le ofrecían a todas horas; le sabía a gloria.

Pero siempre que abría los ojos, veía a Cassandra. De día o de noche. Temprano o tarde. Estaba allí, sentada junto a la cama. Silenciosa y vigilante o hablando de algo que él no siempre lograba entender. Era una presencia calmante y tranquilizadora en un mundo que parecía desenfocado. Ella estaba siempre allí.

Eso le parecía bien. Mejor que bien.

Sabía que había hablado con otras visitas, murmurando cosas que parecían aceptar como respuestas a sus preguntas, aunque él no recordaba lo dicho. Lo único que había registrado su mente era haberle pedido a Cassandra que se quedara.

Le había pedido que se quedase y ella lo había hecho. Eso también estaba bien.

Por fin, después de tres días nebulosos, su cerebro empezó a despejarse. Ya no se dormía tanto, enfocaba los ojos con más facilidad y entendía lo que le decía la gente. Fue un gran alivio que le dejaran salir de la maldita cama; se sintió mucho más humano sentado en una silla, con ropa y afeitado.

Se sentiría aún mejor si le dejasen regresar a casa. Allí podría estar a solas con Cassandra.

Pero los médicos no parecían muy dispuestos.

–Has sufrido un golpe muy fuerte en la cabeza –decían–. Tenemos que asegurarnos de que no hay daños permanentes. ¿Qué recuerdas del accidente?

–¿Recordar? Lo cierto es que nada… Pero no es raro, ¿verdad? Creo que es habitual cuando se pierde el conocimiento. El golpe hace olvidar el accidente en sí.

–Sí, ocurre a menudo.

–Sé que estaba en el piso de mi hermano. Que resbalé en los escalones de fuera, caí y me golpeé la cabeza. Por suerte, mi novia estaba conmigo…, ¿qué ocurre?

Había captado la mirada preocupada que cruzaron los dos médicos. Una mirada que no le gustó nada.

–¿Qué ocurre? –repitió–. ¿Qué diablos pasa ahora?

–Nada de lo que tengas que preocuparte –le aseguraron–. Pero tenemos que hacerte algunas preguntas más.

–De acuerdo –gruñó Joaquín con impaciencia–. Preguntad. Cualquier cosa por salir de este maldito lugar.

Preguntaron y contestó. Y la reacción de los médicos a sus respuestas dio un vuelco a sus pensamientos que lo dejó atónito.

Capítulo 7

EL MÉDICO dice ¿qué?

Fue Mercedes quien hizo la pregunta, haciéndose eco de la sorpresa y el shock que sentían todos. Cassandra agradeció que la hermana pequeña de Joaquín no hubiera dudado en reaccionar tan rápida y claramente a lo que acababa de contarles su hermano. Al menos ocultó el hecho de que ella se había quedado muda del impacto.

–Dice que tengo amnesia parcial –explicó Joaquín con paciencia exagerada, dejando claro que no quería repetir los detalles, a pesar de que su familia necesitara oírlos–. No es sólo el momento del accidente lo que no recuerdo, se ha borrado bastante más.

–¿Cuánto? –Cassie se obligó a preguntarlo. Se arrepintió de inmediato, porque sonó como un gruñido doloroso, tan revelador que se sonrojó de vergüenza.

–Semanas –dio Joaquín con sorna–. Lo último que recuerdo con claridad es la fiesta de cumpleaños de Mercedes.

–¡Pero fue hace casi un mes! –exclamó su hermana.

Casi un mes y, probablemente, la última vez que habían sido felices por completo, admitió Cassie para sí. Joaquín y ella lo habían pasado muy bien en la fiesta, bailando bajo las estrellas. Después habían vuelto a casa y celebrado una larga y apasionada fiesta privada. En la cama, pero sin dormir.

Fue después cuando las cosas empezaron a ir mal. Cuando Cassie empezó a preocuparse por las fechas del calendario y la importancia del aniversario que se acercaba y la norma de Joaquín de no tener más de un año de relación.

Si Joaquín sólo recordaba hasta la noche de la fiesta, no era raro que le hubiera sonreído al despertar, ni que le hubiera suplicado que se quedase.

Había olvidado las discusiones, la ansiedad, su declaración de que él no se comprometía. Las imágenes de la terrible escena en el piso de Ramón, cuando fue a buscarla y llegó a la conclusión de que su hermano y ella eran amantes, habían sido borradas de su mente por el golpe.

No la había perdonado. No había analizado la situación, comprendido su error y decidido arreglarlo. La sonrisa que tanto había significado para ella estaba dirigida a otra persona. La mujer a la que había suplicado que se quedara no era ella, sino un recuerdo, una mujer eco del pasado.

—Entonces… —se le quebró la voz y tuvo que pasarse la lengua por los labios y tragar saliva–. Entonces no recuerdas nada del accidente, ni de esa noche.

—Nada de nada —Joaquín frunció el ceño y se pasó las manos por el pelo, revelando su desconcierto–. Nada. Ni siquiera sé qué hacíamos en casa de Ramón. ¿Por qué estábamos allí?

—¿Por qué…?

La mente de Cassie se convirtió en torbellino de pánico mientras buscaba la forma de contestarle. No sabía qué decir sin revelar la verdad. Se preguntó cómo explicar que había estado viviendo con Ramón sin despertar de nuevo los celos salvajes y furiosos que habían llevado a Joaquín a salir del piso como un huracán.

–Yo… tú…

–Los médicos dicen que no debemos contarte nada.

Fue Ramón quién la interrumpió. Había estado en el pasillo, hablando con el especialista que trataba a Joaquín y, por suerte, entró en ese momento.

–Nada de nada –siguió, lanzando una mirada de advertencia a Cassie–. Dicen que no debemos forzarte ni intentar que recuerdes. Tenemos que dejar que todo vuelva a su debido tiempo. O que no vuelva.

–¿Y si no vuelve? –gruñó Joaquín, claramente descontento.

–Nos enfrentaremos a eso cuando llegue el momento –aseguró su hermano–. Pero están bastante seguros de que no ocurrirá. Un golpe como el que te diste daña el cerebro a cualquiera. Tienes que tomártelo con calma, dejar que todo vuelva a asentarse. Y no irritarte por la situación, o podrías tener una recaída.

–No soy un niño –masculló Joaquín. Cassie adivinó lo que le pasaba por la cabeza. Siendo un hombre fuerte y sano, lo había conmocionado encontrarse en el hospital y odiaba las restricciones que le había impuesto el accidente, aunque sólo durasen unos días.

–Dale tiempo –le dijo, intentando calmarlo–. Sólo han pasado tres días. ¿Quién sabe lo que ocurrirá en una semana?

Cassie se repitió la pregunta, sin saber si era algo que debía esperar o temer. No sabía cómo debía comportarse con Joaquín. Aunque él no recordara nada de ese mes, ella no podía olvidarlo. Él suponía que seguían siendo felices juntos, que nada se había interpuesto entre ellos. No sospechaba, ni por asomo, que ella tuviera una aventura con su hermanastro.

Pero cuando recordase lo ocurrido… comprendería que esa sonrisa, ese «quédate», estaban dirigidos a otra Cassie, que ya no existía en su corazón.

Ella tuvo la sensación de que le habían concedido una prórroga para que todo volviera a ser como antes. Una oportunidad de volver a vivir en armonía con Joaquín, felices los dos, pero no podía durar. En algún momento, inevitablemente, la mente de Joaquín se aclararía y lo recordaría todo. Volverían a estar donde estaban la horrible noche del accidente.

—De acuerdo —concedió Joaquín a regañadientes—. Si es lo que aconsejan los médicos, supongo que tendré que hacerlo. Lo que sea, con tal de salir de este sitio. Y han dicho que puedo volver a casa.

—Pero sólo si tienes a alguien que cuide de ti —comentó Cassie sin pensarlo. Deseó haberse mordido la lengua al ver la expresión de Joaquín.

—Bueno, pero claro que tengo a alguien que cuide de mí. Te tengo a ti.

—Yo… —Cassie captó la mirada de advertencia de Ramón y rectificó lo que iba a decir—. Por supuesto —dijo, pensando en el aislamiento de la finca, en Joaquín y ella solos allí día tras día… en las noches.

—Podríais venir los dos a casa, si lo preferís —sugirió Mercedes—. Estoy segura de que papá estaría encantado, y vuestro dormitorio está vacío.

Cassie miró automáticamente el rostro de Joaquín y vio la determinada negativa que había estampada en sus facciones. Ella pensó que podía no ser mala idea.

Habría más gente para distraer a Joaquín, podía hablar con Mercedes y con su padre…

Lo pensó mejor. En las pocas ocasiones que habían visitado al padre de Joaquín y a su hermana, Juan Alcolar había demostrado ser muy tolerante con respecto a que su hijo y ella fueran pareja. Siempre les había asignado un dormitorio para los dos, siempre el mismo. Sabía bien que ése era el dormitorio al que Mercedes se había referido como «vuestro».

En casa de su padre se esperaba que compartiesen dormitorio y cama. Esa idea no la hacía feliz en ese momento; al contrario, le revolvía el estómago.

Sin embargo en la finca había mucho espacio, montones de dormitorios. Podía inventar alguna excusa, tendría que hacerlo; no podía contarle a Joaquín por qué no iba a compartir su cama.

—Nos iremos a casa —dijo Cassie, rezando para que el vacío que sentía en la boca del estómago no se reflejara en su voz.

Fue obvio que no, porque Joaquín le dedicó una brillante y esplendorosa sonrisa, que no veía hacía tiempo. Durante un instante disfrutó de la calidez que la reconfortaba, pero de pronto el estómago le dio un vuelco y soltó el aire con un gemido de horror.

—¿Te ocurre algo? —preguntó Joaquín con curiosidad.

—N-no… es sólo que he recordado…

—¿Recordado qué?

La mente de Cassie se puso en blanco. No podía decir que acababa de recordar cuánto tiempo había pasado desde la última vez que vio esa sonrisa en el rostro de Joaquín. Casi se remontaba a la fiesta de Mercedes, donde se detenían los recuerdos de Joaquín.

Después habían empezado a distanciarse. Joaquín no era consciente de que ya no habría sonreído así; cuando recuperase la memoria esa calidez desaparecería y su rostro se volvería rígido y frío, sus ojos brillarían como azabache opaco e impenetrable.

–He recordado…

–Que tienes que pasar por mi casa a recoger unas cosas –comentó Ramón, recordándole sutilmente que su ropa y sus pertenencias seguían en la habitación de invitados de su piso.

–Sí, eso es –Cassie lo miró agradecida. No se le daban bien ese tipo de farsas. Por eso había tenido que abandonar la finca cuando Joaquín expresó sus sentimientos a las claras. No podría haber vivido con él sin desvelar sus verdaderas emociones.

–Tengo que ir por ellas –tenía que hacerlo sin que Joaquín se diera cuenta, y no sabía cómo.

–Lo haremos de camino a la finca –afirmó Joaquín.

–¿Entrar a la ciudad para luego volver a salir? –dijo ella–. Sería por lo menos media hora más de viaje.

–Yo llevaré a Joaquín a casa –Ramón volvió a acudir en su rescate–. Tengo mi coche aquí, y es más grande y cómodo que el vuestro –le dijo a su hermano con toda naturalidad–. Así Cassie puede ir a mi piso, recoger sus cosas y volver en su coche. Toma, Cassie.

Le tiró la llave, ella la cazó al vuelo y fue hacia la puerta antes de que Joaquín pudiera protestar.

–Os veré allí –dijo por encima del hombro, agradeciendo poder escapar de la tensión que la atenazaba desde que se enteró de los efectos del accidente.

Mientras recorría el pasillo del hospital, se dio cuenta de que tenía el corazón desbocado. No sabía cómo superaría el par de días siguientes, que incluso podrían ser un par de semanas. No podía mentir a Joaquín durante tanto tiempo pero, por otro lado, le habían prohibido decirle la verdad.

Los médicos habían insistido en que debía recordar él solo; no era bueno forzar el recuerdo. Era arriesgado y podía llegar a ser peligroso. Durante una semana, al menos, Joaquín tenía que evitar el estrés y cualquier disgusto que pudiera causar una recaída.

Mientras recuperaba sus recuerdos, Cassie tenía que vivir con él y simular que nada iba mal. Tendría que actuar como si nunca se hubieran peleado, nunca hubieran roto, no…

Con un gemido, se apoyó contra la pared y se tapó el rostro con las manos. Tenía que simular que todo iba bien, sabiendo que cuando Joaquín recordase la verdad, o lo que él consideraba verdad, pensaría que el tiempo pasado con él había sido un engaño; incluso un intento de recuperarlo ocultándole los hechos.

No tenía salida. Estaba perdida hiciera lo que hiciera; entre la espada y la pared. No podía avanzar ni dar marcha atrás. Sólo podía dejar pasar el tiempo, sabiendo que un día, inevitablemente, la verdad saldría a la luz.

Capítulo 8

¡CREÍ que no llegaríamos nunca!

Los impacientes pasos de Joaquín al entrar en casa fueron un reflejo de la irritación de su voz.

—¿Cuándo empezaste a conducir como una anciana?

—Estaba cuidando de ti —señaló su hermano razonablemente— Acabas de tener…

—Un accidente… ¡lo sé! ¡Lo sé! —saltó Joaquín—. Pero no soy un inválido. No necesito que me envolváis en algodones.

Metió las manos en los bolsillos de los vaqueros negros que Cassandra había llevado al hospital esa mañana y miró a su hermano con furia. Ramón ignoró su irritación.

—Y yo no quiero ser responsable de que sufras una recaída.

—Bah, no creo que haya muchas posibilidades de eso. A no ser que sea por agotamiento de lo que hemos tardado en llegar. Cassandra ha tenido tiempo de ir a tu piso, recoger lo que sea que dejó allí y llegar aquí antes que nosotros.

Si es que estaba allí, dijo una vocecita en su cerebro. En el fondo sabía que ésa era la razón de su enfado, y que se estaba desquitando con Ramón. Su ansiedad se centraba en Cassandra, pero no sabía por qué.

Había visto su mirada cuando dijo que quería regresar a casa, y había salido del hospital como si la persiguieran los demonios. Sólo se le ocurría que debían haberse peleado en algún momento que no recordaba.

Iba a llegar al fondo de ese asunto, pero antes tenía que librase de Ramón. Hasta que Cassandra y él no estuvieran a solas, no podría descubrir nada importante. Oyó un ruido arriba y se acercó a la escalera.

–¡Cassandra! ¿Eres tú? –llamó. Frunció el ceño cuando algo revoloteó en su mente. Fue un destello momentáneo, una sensación de que ya había hecho eso.

Por supuesto, era inevitable. Era su casa. Debía haber hecho eso, o algo muy similar, docenas de veces, desde que Cassandra y él estaban juntos.

–Estoy aquí –había aparecido en la parte superior de la escalera mientras él pensaba, y en ese momento bajaba con una sonrisa de bienvenida–. Estaba haciendo la cama, poniendo sábanas limpias.

Vio la expresión de Joaquín y la interpretó con toda precisión.

–Sí, lo sé. No quieres tumbarte… y no es necesario, si te tomas las cosas con calma. Pero quería que todo estuviese listo. Así, si te sientes cansado…

Volvió a mirar su rostro y dejó de hablar.

–De acuerdo, no te daré la lata. Es fantástico tenerte aquí de nuevo.

Se acercó y le dio un abrazo rápido y firme. Pero cuando él intentó retenerla, estrecharla contra sí, escapó de sus brazos como si fuera agua, alejándose antes de que él se diera cuenta.

–Te he echado de menos –dijo ella.

Sus palabras resonaron como un eco en la mente de Joaquín. Ese abrazo, aunque breve, le había hecho comprender cuánto la había echado de menos. Sólo tocarla, sentir el calor y suavidad de su cuerpo, inhalar su aroma, la mezcla de champú de hierbas y el perfume ligero y fresco que utilizaba, era suficiente para disparar sus sentidos. Pero fue el aroma más profundo y personal de su piel, levemente almizclado, lo que provocó una reacción instantánea de su cuerpo. Apretó los dientes para ocultar un gemido.

La deseaba con locura. Era como si ella le hubiera faltado semanas, en vez de el par de días que había pasado en el hospital.

Si su hermano no hubiera estado allí, no la habría dejado escapar. La habría agarrado y apretado contra sí, después habría besado su boca hasta que ambos estuvieran desesperados de deseo.

Pero el maldito Ramón estaba allí, así que tuvo que sonreír y decir que también la había echado de menos. Y que sí le apetecía un café; se moría por beber algo.

Por lo que se moría no era un café. Si no podía tener a Cassandra en la cama, bajo él, entonces su siguiente opción sería una copa del mejor crianza. Imaginó la expresión de Cassandra si lo sugería. Le diría que tenía que tomarse las cosas con calma. Si alguien más le decía que se tomara las cosas con calma, explotaría.

Entendía por qué lo decían. Hasta él le veía el sentido. El problema era que no se sentía tranquilo, sensato ni en calma, aunque exteriormente debía parecérselo a su hermano y a su mujer. Su larga experiencia negociando, haciendo tratos, le había enseñado a llevar una máscara controlada y afable cuando tenía que ocultar sus verdaderos sentimientos.

En realidad se sentía como una bomba a punto de estallar. Había perdido un mes de su vida en un instante y todos esperaban que lo aceptara sin más, hasta que recuperase la memoria.

Si la recuperaba.

Todos sabían lo que había ocurrido en ese mes, menos él. Esas cuatro semanas se habían borrado…

Cuatro semanas en blanco. Si tenía en cuenta el comportamiento de Cassandra, algo había ocurrido. Porque no era la misma que él recordaba.

Aquella Cassandra no había sido esquiva con él. No habría ido a sus brazos para luego escabullirse, como una mariposa. Y no tenía esas sombras en los ojos, sombras que oscurecían y nublaban su brillante mirada azul, haciéndole pensar que algo se le escapaba.

Podía estar equivocándose, sacando conclusiones erróneas, imaginándose cosas. Lo peor de todo era no poder preguntar. Si lo hacía, nadie le aclaraba nada, porque debía recordar de forma natural. Se preguntó, una vez más, qué tenía que recordar.

–¿Joaquín? –Cassandra lo esperaba en la puerta de la sala, mirándolo con preocupación. Joaquín se preguntó cuánto tiempo llevaba allí parado, perdido en sus pensamientos. Se esforzó por volver al presente.

–Perdona. Es muy extraño saber que he vivido aquí durante el último mes y no recordar nada.

–Debe serlo –comentó ella–. ¿Por qué no vienes a tomar el café? Ramón no puede quedarse mucho…

Joaquín pensó que cuanto antes se marchase, mejor. Con Ramón allí, actuando como perro guardián, a Cassandra no se le escaparía nada. Estaba deseando quedarse con ella y buscar respuestas.

Cassie pensó que el tiempo que Ramón pasó con ellos había volado, mientras observaba cómo su coche desaparecía en la distancia.

Lo había intentado todo para alargar su estancia. Ofrecerle otra bebida, comida, cualquier cosa para aplazar el momento en que tendría que enfrentarse a solas con Joaquín, sin saber cómo comportarse.

La aterrorizaba mirarlo a los ojos, no sabía qué vería en ellos. Y peor aún era pensar que él la mirase y viera… ¿qué? Lo mucho que le ocultaba.

Se preguntó si percibía los secretos que se interponían entre ellos como una nube de humo que flotara en el aire. Temía que no descansara hasta sonsacarla, rendir sus defensas y hacerle confesar todo.

Quizá optaría por observar y esperar, consciente de que no le decía la verdad, que evitaba el tema, pero que un día, irremediablemente, no soportaría la tensión y le aclararía todo.

También estaba la posibilidad de que se despertara cualquier día, incluso el siguiente, habiendo recobrado la memoria. Cassie se preguntó qué vería en su rostro entonces, qué tipo de acusaciones le haría.

No sabía cómo podría vivir con la tensión, la incertidumbre y el miedo. Dejar pasar cada día sin saber qué iba a ocurrir. Y cada noche.

De momento, no se sentía capaz de enfrentarse a las noches. Evitó volver a la habitación donde Joaquín la esperaba y fue a la cocina, donde se ocupó de un montón de tareas innecesarias. Fregó las tazas de café a mano, en vez de meterlas en el lavavajillas, lavó y preparó una ensalada para acompañar la cena, limpió cada superficie que había a la vista, fregó el suelo…

—¿Pretendes evitarme? —la voz de Joaquín, suave pero con un deje cortante, que podría haber sido curiosidad, u otra cosa, llegó desde la puerta, sobresaltándola.

Estaba en el umbral con, para su mente inquieta, un aspecto muy peligroso. El oscuro cardenal que se extendía por su frente había adquirido distintas tonalidades, desde rojo oscuro en el centro a amarillento por los bordes, como una maligna puesta de sol.

—¿Evitarte? No… ¿Por qué iba a querer hacerlo?

—No lo sé. Dímelo tú —su voz sonó retadora y a ella se le aceleró el corazón.

—Tenía que preparar cosas para poder cenar pronto.

—La verdad es que no tengo mucha hambre. Excepto de dos cosas.

—¿Qué dos cosas? —preguntó ella, aunque podía adivinarlas en la oscuridad de su mirada, en su expresión.

—Hechos…

—Vamos, sabes que no puedo contarte nada. Los médicos insistieron mucho en eso. Debemos esperar…

—A que vuelva mi memoria; lo sé —terminó Joaquín con voz fría.

—¿Y la otra?

—Venga, Cassandra, —se burló Joaquín, provocándole un escalofrío—. Ya lo sabes. Te deseo.

Cassie dejó la bayeta en el aire. La miró, sin verla. Tenía razón, ella sabía que eso estaba por llegar. Pero era demasiado pronto. No estaba preparada.

–Eso no es buena idea, ¿no crees?

–¿Por qué no? –Joaquín tocó su mano.

Ella lo miró de reojo, nerviosa. Sus ojos se encontraron un instante. Tenía el corazón acelerado al sentir su fuerte cuerpo tan cerca. Notaba el calor de su piel y su aliento en la mejilla.

–Tú... ¡ya sabes por qué!

–No.

Le quitó la bayeta de las manos y la lanzó al fregadero. Después sujetó sus brazos e hizo que se volviera hacia él. Pero ella rehuyó sus ojos, miró fijamente el cuello de su camisa, que revelaba su piel bronceada y su musculoso cuello.

Deseó tocarlo, introducir los dedos dentro de la camisa y acariciar la calidez satinada de su piel, sentir el vello rizado bajo las yemas de sus dedos. Sintió un cosquilleo en los labios; sabía que sólo tenía que fruncirlos un poco, inclinarse hacia delante y posarlos sobre los tendones y músculos que ocultaban esa piel morena. A pesar de sí misma, inhaló profundamente, absorbiendo su aroma sin llegar a rozarlo.

–Dime por qué. ¡Sin mentar a los malditos médicos!

Eso hizo que ella alzara la cabeza de repente. Se habría apartado de él, pero él rodeaba su cintura, aparentemente sin fuerza. Sabía que si tiraba hacia atrás, la retendría. Sería prisionera de su abrazo y provocar una batalla inútil la delataría. No quiso arriesgarse.

–Eso no es justo, y lo sabes. Tengo que mentar a los médicos, ¡no hay alternativa! Te dejaron regresar a casa con la condición de que te cuidaras y siguiese sus instrucciones a rajatabla.

El silencio de Joaquín la incomodó aún más. Había

entrecerrado los ojos y sólo se veía una estrecha raya azabache entre las largas pestañas; tenía los labios firmes y apretados. Todos sus instintos la advirtieron del peligro, pero no hizo caso. Ya no se trataba de ella misma, sino de la salud de él. Por esa razón estaba dispuesta a luchar con todas sus fuerzas.

–Te ordenaron que te tomaras las cosas con calma; ¡pienso asegurarme de que lo hagas! Y no creo que lo que tienes en mente sea tomárselo con calma.

–Podría serlo, si queremos –dijo él. Levantó la mano y le alisó el cabello con ternura. Ella casi pudo leer el curso de sus pensamientos al ver el brillo de sus ojos y la curva traviesa de sus sensuales labios–. Yo podría tomármelo con mucha calma.

Inclinó la cabeza lentamente. La suave presión de sus labios en la sien, la oreja, la mejilla, derritió a Cassie, que se acercó a él a pesar de su resolución en contra.

Ese momento de debilidad no le dejó ninguna duda; a pesar de su apariencia serena, de su sutil y sensual acercamiento, Joaquín estaba excitado; notó la presión de su masculinidad a través de los vaqueros.

–Joaquín… –intentó encontrar algún argumento para convencerlo. Tenía que resistirse. No había otra opción.

–Cassandra, querida… No tengo por qué hacer ningún esfuerzo. Si nos vamos a la cama… –su boca volvió a atormentarla, acariciando su mandíbula y llegando a sus labios, que dibujó con la punta de la lengua–. Estoy seguro de que los médicos aprobarían que me acostase tan temprano…

–No… –Cassie lo intentó de nuevo, pero su voz no tenía fuerza ni autoridad.

–Tú podrías hacer todo… –su boca se curvó con una sonrisa pecaminosa– …todo el trabajo. Yo podría tumbarme de espaldas y relajarme.

La imagen que asaltó la mente de Cassie era tan erótica que el fuego recorrió sus venas y se le fue la cabeza. Tuvo que cerrar los ojos, pero fue un error. Las sensuales imágenes persistieron, proyectando a Joaquín de espaldas, ella sobre él, ambos desnudos, su piel casi blanca en contraste con el cuerpo largo y moreno.

–¡Joaquín! –gimió con esfuerzo–. Joaquín, ¡para!

–Párame tú –retó él. El tono profundo y sensual de su voz implicaba que sabía bien que no lo haría.

Cassie sintió su sonrisa en la piel, justo antes de que esos irresistibles labios la acariciaran de nuevo, dejando su boca y bajando. El escote en uve de su vestido le daba acceso a los puntos más vulnerables de su cuello y hombros, ventaja que él aprovechó sin dudarlo.

También sabía exactamente cómo utilizar las manos. Empezando en la curva de su trasero, fue subiéndolas, acariciando y presionando para hacerle sentir el calor de su erección. Cuando llegó a sus senos, los rodeó con las manos y trazó dibujos eróticos sobre sus curvas, acercándose con círculos y espirales hasta sus pezones.

–Joaquín… –esa vez el nombre sonó como un suspiro. Un sonido en el que se percibió la pérdida de todo control, de toda resistencia.

Él se dio cuenta. Emitió una pequeña risita de triunfo contra su clavícula y la rozó con los dientes.

–Venga, párame –masculló con voz pesada y ronca, revelando que él también empezaba a perder el control de su pasión–. Si lo dices en serio, di la palabra. Pero dila ya, antes de que sea demasiado tarde.

«Di la palabra». La orden apenas penetró la niebla que dominaba en el cerebro de Cassie. La pasión le impedía pensar con claridad.

«La palabra». Se preguntó qué palabra tenía que decir si quería detenerlo. No estaba segura de querer hacerlo. Pero sabía que era necesario. Era demasiado peligroso, tenía demasiado que perder si seguía ese sensual y atractivo camino. Pero no encontraba la palabra.

El clamor de sus sentidos impedía el funcionamiento de su cerebro. El sentido común y el instinto de supervivencia no tenían peso suficiente para contrarrestar su necesidad de ese hombre. Quizá si no hubiera estado apartada de él esa semana, si no lo hubiera echado tanto de menos…

–Lo sabía –su voz sonó aún más triunfal que antes.

Cassie sintió un escalofrío que templó su ardor un instante. Abrió los ojos y miró el bello rostro que se alzaba ante ella. Ver el enorme cardenal de su frente la devolvió a la realidad de golpe.

–¡No! –la palabra surgió naturalmente. Se tensó en sus brazos e intentó apartarse–. No, Joaquín. No podemos… ¡no debemos!

–¡No debemos! –la ira destelló en sus ojos, convirtiéndolos en ascuas–. ¡No podemos! ¿Por qué?

En ese instante de asombro aflojó los brazos lo suficiente para que ella se liberase, y se alejara de él. Impulsiva, más que racionalmente, Cassie puso la mesa de la cocina entre ellos. No tanto para protegerse de Joaquín, aunque sus ojos destellaban peligrosamente, como para defenderse de su propia debilidad.

Si la tentaba una vez más, se rendiría. Era humana, y muy vulnerable en todo lo concerniente a él. Con la mesa entre ellos, tenía tiempo de pensar.

–¿Cassie?

Joaquín se preguntó qué diablos le pasaba y por qué había cambiado de opinión. Nunca hacía ese tipo de cosas. Cassandra no era una provocadora, nunca lo había sido. Al menos la Cassandra que él había conocido. Volvió a preguntarse qué había ocurrido durante ese mes. Podía ser algo importante, que el necesitara saber.

El golpe en la cabeza lo había conmocionado, pero recordaba a la Cassandra que había vivido con él. Nunca lo había rechazado, ni había dicho que no. Eso siempre había sido lo mejor de su relación. No entendía que pudiera haber cambiado tanto en un mes.

–¿Qué diablos ocurre? ¿Por qué no podemos irnos a la cama? Vivimos juntos.

–No debemos…

Joaquín comprendió que no estaba provocándolo. Su rostro pálido y los ojos oscuros demostraban que hablaba en serio. Algo la había afectado y él, debido al estúpido golpe, no sabía qué era.

–¿Por qué no? –dio un paso adelante y se detuvo cuando ella se puso rígida y se echó hacia atrás.

Intentó ocultar el movimiento instintivo, pero él lo vio y se quedó helado. Nunca había visto a Cassandra retroceder ante él o, al menos eso creía.

–Porque les dije a los médicos que cuidaría de ti. Lo prometí.

–¿Eso es todo? –Joaquín se preguntó si realmente ésa era la única razón.

–¡Claro que es todo! ¿Qué más podía ser? Acabas

de salir del hospital y les di a los médicos mi palabra de que no te excederías y... y...

–De acuerdo, entiendo –la cortó Joaquín cuando empezó a tartamudear, consternada–. No pretendía... Diablos, Cassandra, lo siento. No pensé que...

–Desde luego que no pensaste –replicó ella, relajando un poco la tensión de los hombros y cuello–. Nunca lo haces, excepto con una parte de tu cuerpo –miró con descaro su entrepierna.

Para Joaquín esa mirada fue un placer y un tormento. Un placer porque demostraba no haberse equivocado en su recuerdo de Cassandra. Seguía siendo la mujer desinhibida y sensual que compartía su cama y lo llenaba de deleite.

Un tormento porque, a pesar de sus esfuerzos por controlarse, su cuerpo reaccionaba instintivamente a su mirada. La más mínima provocación lo ponía duro, caliente y deseoso; no satisfacer esa necesidad carnal se convertiría en una agonía.

Al pensar eso se dio cuenta de lo que debía estar sintiendo Cassandra. Ella también debía haber experimentado la frustración de apartarse de él cuando ya estaba excitada. Él sabía que lo estaba, lo había notado en la entrega de su cuerpo, en cómo se había fundido con él, abriendo la boca y devolviéndole el beso con todos los sentidos.

Lo había deseado tanto como él a ella. Separarse tan bruscamente debía haberle dejado los nervios a flor de piel, clamando de insatisfacción. La preocupación por su salud había sido lo que la había llevado a apartarse. Era lógico que hubiese reaccionado con violencia.

–Lo siento –repitió–. Entiendo.

En ese momento entendía de verdad. Junto con el dolor de la frustración, un incómodo martilleo se había iniciado en su cabeza. Era una clara indicación de que Cassandra tenía razón; se había esforzado demasiado.

–De acuerdo. Será mejor que cenemos.

La mirada de Cassandra fue un poema. El destello exasperado de sus ojos y un suspiro irritado demostraron que había captado el motivo de su capitulación.

–¡Lo ves! –exclamó–. ¡Tenía razón!

–Sí –admitió Joaquín con ironía–. Tenías razón. Creo que iré a sentarme junto a la piscina un rato.

–Será mejor –dijo ella con petulancia. Joaquín no pudo evitar una sonrisa.

–Y no te regodees –protestó.

–¿Haría yo algo así? –Cassandra esbozó una sonrisa espontánea y resplandeciente–. Has admitido que tenía razón, ¿qué más podría necesitar? Ve a sentarte.

–¡Sí, señorita! –respondió él con ligereza y alivio. Ésa era la Cassandra que él recordaba. La que quería en su vida. La otra era una extraña a quien no entendía.

Pensó que quizás el que se comportaba de modo extraño era él. Posiblemente el accidente lo había afectado tanto, tenía que admitir que había odiado estar en el hospital por primera vez en su vida, que no pensaba con claridad.

No era Cassandra la que había cambiado, era él.

–Te lo prometo. Durante el resto de la noche haré exactamente lo que me digas. Seguiré las instrucciones de los médicos a rajatabla.

–Si pudiera creerte, estaría mucho más tranquila.

Lo dijo con tanto sentimiento que él sintió la necesidad de reconfortarla. Tenía que hacerle entender que entendía y apreciaba su actitud.

Se acercó, puso una mano bajo su barbilla y alzó su rostro para mirar sus brillantes ojos azules.

–Créeme –afirmó con voz ronca–. A rajatabla.

Después, porque tenía que hacerlo, depositó un beso rápido y firme en su boca, con la presión suficiente para comunicarle que lo decía en serio. Supo de inmediato que había sido un error.

Su hambriento cuerpo no estaba tan tranquilo como había pensado. El hambre carnal que sentía por esa mujer sólo se había atenuado, pero seguía ahí. En cuando tocó su boca resurgió con toda su potencia, desgarrándolo, haciéndole desear tomarla entre sus brazos, tirarla al suelo, quitarle el vestido…

Tenía que salir de allí. Irse y calmarse. Pensar en otra cosa, en cualquier otra cosa.

Le había prometido que seguiría sus instrucciones; estaba obligado a cumplir su promesa. Reprimió el clamor de su cuerpo, inclinó la cabeza y depositó un beso en la deliciosa nariz respingona.

–A rajatabla –prometió de nuevo. Después se obligó a ir hacia el jardín.

Cuando se volvió desde la puerta, la vio donde la había dejado, observándolo con los ojos muy abiertos. Tenía la mano derecha sobre los labios, apretándolos. Pero notó algo en su expresión que lo puso nervioso.

La paz mental por la que había luchado se evaporó, y volvió a sentir la inquietud e incertidumbre que lo había dominado a lo largo del día.

Cassie no sabía cómo había conseguido preparar una comida sin cortarse un dedo o echar sal en la macedonia de frutas. Era incapaz de concentrarse y pensar en lo que tenía por delante empeoraba las cosas aún más.

Había conseguido que Joaquín diera marcha atrás una vez, pero no tenía por qué ser así la siguiente. Y llegaría pronto, estaba segura. Cada día que pasara se sentiría más fuerte, recuperaría la salud con la misma eficacia con la que hacía todo. El cardenal de su frente no sería problema mucho tiempo.

La pérdida de memoria era un tema distinto. Estaría atrapada hasta que Joaquín tardara en recordar lo ocurrido. A última hora del día comprendió lo incómoda que podía llegar a ser su situación. Le resultó aún más duro porque había conseguido relajarse un poco.

A lo largo de la tarde Joaquín cumplió su promesa estrictamente, obedeciéndola en todo.

Cuando le dijo que la cena estaba lista, entró a ayudarla a llevar los platos al comedor. Después se sentó a la mesa, comió lo que le puso delante, se conformó con beber agua mineral pero se ofreció a abrir una botella de vino para ella. Cassie rechazó la oferta, necesitaba estar alerta y temía que si bebía una copa de más, por su efecto relajante, diría cosas que debía callar.

Joaquín se esforzó por mantener una conversación neutra y desenfadada, sin entrar en temas controvertidos o problemáticos. Consiguió mantener un equilibrio entre comportarse como el amante que había sido y el extraño que era en ese momento.

Fue después cuando Cassie, tumbada en la cama sin poder dormir, comprendió que ese comportamiento que tanto la había tranquilizado, debería haberle servido de advertencia. Revelaba que Joaquín era muy consciente de cómo se sentía y, notando su intranquilidad, había decidido calmarla, al menos esa noche.

Cuando llegaron el silencio y la oscuridad de la noche, estaba tan contenta porque no hubiera habido más momentos desagradables ni preguntas difíciles de contestar, que no había percatado que su sensación de seguridad probablemente era falsa.

De hecho, su alivio era tal que, cuando vio que los párpados de Joaquín se volvían pesados y su cuerpo se relajaba en la silla, no pensó antes de hablar.

—Estás cansado. Creo que es hora de que te vayas a la cama.

—Es buena idea —murmuró él, asintiendo con la cabeza. Que aceptara sin más convenció a Cassie de lo agotado que debía estar en realidad.

—¿Por qué no vas subiendo? Yo recogeré aquí y subiré enseguida.

Él no protestó. La sorprendió que pudiera ser tan fácil. Lo dudaba mucho, después de cómo se había comportado esa tarde, pero decidió no darle vueltas. El estrés de los últimos días, y las largas horas que había pasado en el hospital, sin dormir, también la habían agotado a ella.

Se estiró y bostezó, después apagó las luces y subió la escalera lentamente, anhelando caer en la cama. Joaquín parecía tan exhausto que debía haberse quedado dormido en cuanto apoyó la cabeza en la almohada.

No era así.

Iba a girar en el rellano cuando dio un salto de miedo al ver a una figura alta, oscura y silenciosa apoyada en la pared, entre las sombras, esperándola.

–¡Joaquín! Dios, me has asustado. ¿Qué ocurre? ¿Por qué… pasa algo malo?

–No lo sé –fue la respuesta, con una voz que le heló la sangre en las venas–. Dímelo tú.

Dio un paso hacia delante y abrió la puerta más cercana de una patada. La puerta de un dormitorio. A Cassie le dio un vuelco el corazón. Era el dormitorio que había elegido para dormir esa noche, sabiendo que no podía compartir la cama con Joaquín, dadas las circunstancias.

Al abrirse, la puerta reveló lo que Joaquín debía haber visto, los detalles que la delataban. El camisón y la bata sobre la cama, el neceser en la cómoda. Cassie dio gracias a Dios por haber metido la maleta que había traído de casa de Ramón al fondo del armario, sólo había desempaquetado la mitad de sus cosas cuando Joaquín y su hermano llegaron.

–Yo… –empezó, pero le falló la voz.

–¿Tú? –Joaquín la miró con cinismo; su rostro era una fría máscara de desdén y cólera apenas controlada–. ¿Qué explicación pensabas darme sobre esto? Supongo que tienes una.

–Claro que la tengo.

Comprendiendo que no había nada más revelador que su camisón sobre la cama le dio fuerzas y coraje para enfrentarse a él con tono desafiante.

–¡Y sabrías cuál es si estuvieras pensando a derechas!

Joaquín hizo una mueca y la miró con fiereza.

–No me digas… ¿órdenes de los médicos?

–¡Acertaste a la primera! –replicó Cassie cortante–. Y tendrás que admitir que tiene sentido.

La mirada escéptica de Joaquín dejó claro que no

estaba de acuerdo, pero Cassie tragó saliva y se obligó a continuar.

–Acabas de salir del hospital. Necesitas una buena noche de descanso, sin que nadie te moleste.

–¿Y tú me molestarías?

–Yo… es posible. O tú te dejarás llevar. ¡Vamos, Joaquín! –se arriesgó a protestar–. Me prometiste que harías lo que te dijese.

–Lo sé… y he cumplido. Pero esto… –calló de repente y la miró con fiereza. Cassie aguantó la respiración; no sabía qué haría si se negaba en redondo a cooperar.

Pero Joaquín debía estar más cansado y desconcertado de lo que suponía, porque cuando tomaba aliento para intentar persuadirlo, él lanzó un suspiro y alzó los hombros con un gesto de impotencia.

–De acuerdo. Si es lo que te dijeron, supongo que no puedo discutir.

–¡Así es! –le aseguró Cassie, cruzando los dedos–. Órdenes del médico.

–Y yo prometí…

–Sí, lo prometiste.

Aun así, el se resistió, mirando la cama y luego el rostro ansioso de ella.

–De acuerdo –dijo por fin–. Aceptaré de momento, porque lo prometí. Pero quiero dejar una cosa clara… –titubeó un segundo y Cassie supo que no iba a gustarle lo que dijese a continuación–. Aceptaré esta noche. Sólo esta noche. Mañana será otro día y quiero que las cosas vuelvan a la normalidad, o tendrás que explicarme por qué.

Capítulo 9

JOAQUÍN llegó a casa dispuesto para la batalla. Estaba harto de no hacer preguntas y evitar temas; esa noche quería respuestas. O eso o explotaría.

Había pasado el día en los viñedos, ocupándose de negocios, hablando de cepas, mezclas y vino, esforzándose por distraer su mente de las sospechas y miedos que lo asaltaban e irritaban a todas horas.

Sabía que había enfocado mal las cosas la primera noche en casa. Retar a Cassandra y amenazarla con una confrontación no había sido buena idea. Lo supo en cuanto vio cómo alzaba la barbilla con rebeldía y el destello de sus ojos. Y la larga noche que había pasado sin dormir, a pesar de su agotamiento, había confirmado esa sensación.

Fuera lo que fuera lo ocurrido entre Cassandra y él durante ese mes, comportarse de forma autocrática y pretender dictar las reglas no mejoraría las cosas. Si seguía presionándola, iba derecho al desastre.

Así que había cambiado de táctica, para ver hasta dónde estaba dispuesta a llegar, y por cuánto tiempo.

–Me doy cuenta de que ayer fui un cabezota –había dicho la mañana siguiente–. Sólo sigues las órdenes de los médicos. Haces lo que consideras mejor para mí. Debería agradecerte tu preocupación, y lo hago…

Habría sido más convincente si hubiera conseguido sonar más sincero. Agradecía su preocupación, pero también le atacaba los nervios. Desde su punto de vista, no dormir juntos era llevar las cosas demasiado lejos. Eso se notó en su voz, fría y tensa.

Temió la reacción de Cassandra, sabía que ese tono de voz la irritaba y ponía de mal humor. No se equivocó. La vio apretar la mandíbula, como si quisiera contener sus palabras.

—Muy amable de tu parte. Lo creas o no, lo que hago es por tu bien —contestó, con una voz tan gélida como la de él.

—Lo sé, y lo creo. Por eso no voy a presionarte más. Si de veras crees que dormir en habitaciones separadas es necesario, lo aceptaré, de momento. Por ti.

Eso hizo que ella lo mirase con sorpresa. Sus cejas se juntaron, mostrando su consternación.

—¿Por mí? —repitió con incredulidad.

—No quiero que te sientas intranquila, ni obligarte a hacer algo que consideres perjudicial para mi salud…

Recalcó las dos últimas palabras para hacerle saber que la excusa de su salud no acababa de convencerlo. Si tenía algo que decirle prefería que lo hiciera a las claras, en vez de jugar al gato y al ratón con él.

—Lo dejaré en tus manos. Nunca he obligado a una mujer a dormir conmigo y no voy a empezar ahora. Vendrás cuando estés lista, cuando te parezca bien. Te quiero conmigo, lo sabes, pero te quiero deseosa. Así que esperaré.

—Gracias —dijo ella con voz queda e inexpresiva.

Podría haber estado hablando del precio del pescado, por la emoción que puso al hablar. Eso lo aguijoneó, reviviendo sus más oscuras sospechas.

–Sé que merece la pena esperarte. Ningún golpe en la cabeza conseguiría hacerme olvidar eso. Lo que tenemos es algo especial. Algo que muy poca gente encuentra, y no quiero estropearlo actuando como un toro enrabietado.

–Claro que no.

Esa vez notó un claro trasfondo de algo que le hizo apretar los dientes para no contestar con ira. Había tomado la decisión de actuar con calma y control, y empezaba a perder ambas cosas. Hablar sobre ese «algo especial» que compartían había desatado su libido. Con la sangre descendiendo a la parte más básica de su anatomía, pensar con claridad y controlar su genio no era fácil. Tenía que alejarse de allí cuanto antes.

–Lo dejaremos así –consiguió decir, sabiendo que su voz sonaba cortante y seca por el esfuerzo que estaba realizando–. Esperaré, por ahora. Pero no soy un hombre paciente, querida. No esperaré para siempre. Eres mi amante y te quiero en mi cama, donde perteneces.

Joaquín recordó que entonces se había marchado. Mientras aún podía controlar su temperamento, su lengua y su deseo de ella.

Había pensado que Cassie no tardaría mucho en volver a sus brazos, a su cama. No era ese tipo de mujer. Era una criatura ardiente, apasionada y sensual. Y lo deseaba tanto como él a ella. Quizá esperara una noche, por cubrir las apariencias, pero no mucho más. Desde luego, no serían más de dos.

Había estado tan convencido de ello que había sido como un tiro en la frente que su predicción no se cumpliera. Por lo visto, Cassandra podía mantener la distancia infinitamente.

Siempre tenía una excusa. Él parecía cansado, había sido un día largo, tenía dolor de cabeza… ¡dolor de cabeza! O tenía alguna obligación que no había podido cumplir durante el día, porque lo cuidaba a él. No conseguía persuadirla de que ya no necesitaba que lo cuidase.

Hacía una semana que había salido del hospital. Una semana sin efectos secundarios del accidente, exceptuando la maldita laguna en su memoria. Se encontraba perfectamente. Los dolores de cabeza habían desaparecido con el cardenal. Estaba en plena forma.

Y frustrado hasta la locura.

Esa mañana, cuando se vestía para ir a trabajar por primera vez desde el accidente, había rozado un bulto en el bolsillo de una de sus chaquetas. Intrigado, había metido la mano en el bolsillo.

Lo que sacó lo desconcertó tanto que tuvo la sensación de que alguien lo había sacudido hasta marearlo. Hizo que reconsiderase todo lo que había pensado, desvelándole algo inesperado sobre las cuatro semanas que su mente había borrado.

Decidió que no podía esperar más. Esa noche, si Cassandra no daba señas de regresar a su dormitorio, descubriría por qué. Le importaban un cuerno las consecuencias.

–¡Cassandra! –llamó, en cuanto abrió la puerta–. Cassandra, ¿dónde estás?

No hubo respuesta. Al momento siguiente se apoyó contra la pared al sentir un zumbido extraño, casi un cosquilleo en el cerebro. Recordó que había sentido lo mismo el día que regresó del hospital. Parecía que su subconsciente buscaba algo, intentaba atrapar el eco de un recuerdo que se le escapaba.

—¡Cassie! —llamó de nuevo.

—¡Estoy aquí! —contestó ella desde la sala. Él había previsto que estuviera arriba, incluso iba hacia la escalera cuando lo detuvo el sonido de su voz.

—Pensé que podíamos comer… —dejó de hablar cuando ella alzó la mano para silenciarlo. Estaba hablando por teléfono.

—Sí, acaba de llegar —dijo ella con voz incómoda.

Los nervios de Joaquín se tensaron. Llevaba una semana preguntándose si algo iba mal y qué era. Preguntándose si tenía imaginaciones y maldiciendo a los médicos que le impedían hacer preguntas. Tenía los nervios a flor de piel.

—¿Quién es? —exigió.

—Ramón. Quiere venir de visita.

—¡No! —su vehemencia lo sorprendió incluso a él. No quería a su hermano allí. Esa noche no. Esa noche era de Cassandra y de él. No quería interferencias.

—Me gustaría que viniera…

—¡De eso nada!

—Pero, Joaquín, está preocupado por ti.

Él maldijo para sí. Parecía condenado a ver significados ocultos en todo lo que ella decía. Se preguntó si estaba implicando que Ramón tenía buenas razones para estar preocupado, razones que ella también conocía. Estaba volviéndose paranoico.

—Dile que no tiene por qué preocuparse. Estoy bien.

—Pero él…

—¡He dicho que no!

Durante un instante pensó que ella iba a protestar.

El mohín rebelde de sus labios y la mirada fija sugerían que se avecinaba un motín. Pero ella suspiró.

–¿Has oído eso, Ramón? –dijo con voz seca–. Dice que no. A tu hermano no le apetece que lo visiten… ¿Qué? ¡Sí, lo sé! Y sabes que lo sé.

Dijo la última frase con un tono confidencial que hizo que a Joaquín se le erizase el vello de la nuca. Perdiendo el control, se acercó de una zancada y le quitó el auricular a Cassandra de un tirón.

–Cassandra y yo no queremos visitas. Esta noche no. Ni durante los siguientes días –colgó el teléfono de golpe.

–¿A qué ha venido eso? –exigió ella, mirándolo con furia.

–No quiero visitas.

–Eso es obvio. ¿Pero quién diablos te ha dado el derecho de hablar por mí? «Cassandra y yo no queremos visitas» –citó con sarcasmo–. «Cassandra y yo…» ¿No crees que podrías tener la cortesía de preguntarme?

–¡Es mi casa!

–¡Es nuestra casa! –replicó ella–. Al menos, eso creía. Y me hubiera gustado ver a Ramón.

–Pues yo no lo quiero aquí. Tengo planes para esta noche.

Se preguntó si ella quería ver a su hermano precisamente por eso: porque sospechaba cuáles eran esos planes y quería evitarlos. Quizá quería a Ramón como una especie de escudo protector, o quizá realmente quería ver a Ramón. No sabía qué opción le parecía peor.

Supuso que ésa era una de las preguntas que no le estaba permitido hacer, pero había otras que sí, y las haría. Sobre todo, si encontraba el momento, una muy importante.

–Puedo imaginarme lo que incluyen esos «planes para esta noche» –dijo Cassie, comprendiendo que la tregua temporal había llegado a su fin.

Era obvio que a Joaquín se le agotaba la paciencia. Iba a hacer preguntas muy embarazosas y no sabía qué contestaría. Llevaba un par de días sintiéndose mal y no le apetecía discutir.

–¿Y qué tiene eso de malo? Somos amantes. Vivimos juntos. ¿Por qué es malo que quiera hacerle el amor a mi mujer?

Porque no sería hacer el amor, deseó contestar Cassie, pero se mordió la lengua. Si decía eso entrarían en terreno prohibido; una zona de minas, algunas ocultas pero listas para explotar en su cara si las rozaba.

–No vuelvas a mencionar esa basura de «órdenes del médico». Sabes que ayer vi al especialista y confirmó que, aparte de la pérdida de memoria, no había nada de lo que preocuparse.

«Nada excepto lo que esa pérdida de memoria oculta», pensó Cassie con desconsuelo. Ya no sabía si rezaba para que él se despertase recordándolo todo, librándola de ese mundo de medias verdades; o si rezaba para que no recordase y seguir viviendo esa paz basada en medias mentiras.

Había intentado reactivar su memoria. Había hablado de Ramón, incluso lo había invitado a casa un par de veces. Había dejado el calendario abierto por el mes de junio, ya acabado, con la esperanza de que la fecha le recordase todo. Pero nada funcionaba y los médicos desaconsejaban que se le dijese la verdad directamente.

–Lo sé –dijo ella–. Y me alegro de que estés bien.

–¿Por qué no salimos a celebrarlo? He reservado una mesa en Zelesta.

Era el restaurante favorito de Cassie. En el que debería haberse reunido con él para la vital cena de negocios de aquél fatídico viernes.

–Yo…, no creo que sea buena idea.

–¿Y por qué no?

La razón era que ella sabía lo que se avecinaba. Llevaba toda la semana esperándolo; se le cerraba el estómago cada vez que Joaquín decía que iba a acostarse, o cuando ella no podía evitar un bostezo. Siempre había sabido que su suerte no duraría. Joaquín no era famoso por su paciencia. Se preguntó por qué tenía que ser precisamente esa noche.

Se sentarían uno frente a otro en un restaurante, con velas en la mesa, y hablarían ¿de qué? ¿De su convivencia y de los maravillosos días y noches que habían compartido, de lo felices que eran, de lo perfecto que era todo? Eso era lo que aún creía Joaquín.

Cassie se preguntó si hablarían de su futuro y de los planes y sueños que tenían… en común.

El recuerdo de esa última mañana, antes de abandonarlo, invadió su mente como un torbellino. Oyó su voz diciendo «Te dije que yo no me comprometo»; la carencia de emoción de sus ojos; el terrible dolor de que nunca sería para él lo que él para ella.

Supo que no podría soportar la noche de cortejo y sofisticada seducción que él había planeado.

–Es sólo que no creo…

No sería capaz de tragar un bocado; la tensión le cerraría la garganta. Tendría que estar allí sentada, triste, sin poder hablar, sintiéndose como si los médicos le hubieran puesto un bozal para impedirle que hablase de las cuatro semanas que Joaquín había olvidado.

Cuando regresaran a casa, Joaquín esperaría que se fuese a la cama con él, o le diera una explicación. Y precisamente lo que no podía contarle era «por qué no».

–Quiero decir… –tuvo una inspiración y se aferró a ella como vía de escape–. Creo que sería una pena desperdiciar la cena que había planeado. Ya he preparado casi todo –Cassie, al ver la mirada escéptica y suspicaz de Joaquín, improvisó rápidamente–. ¿No te apetece una paella?

Eso fue un acierto. La paella era el plato favorito de Joaquín, y hacía mucho que no le preparaba una.

–Siempre me apetece una paella –dijo Joaquín, con voz tan inexpresiva como su rostro.

–Y pensé que podríamos cenar junto a la piscina, va a ser una noche preciosa.

–Has pensado mucho.

A juzgar por la leve sonrisa que curvó sus labios, él creía que había planificado esa romántica cena para dos por las mismas razones que él había reservado el restaurante. Sus siguientes palabras lo confirmaron.

–Parece que los dos hemos pensado lo mismo. De acuerdo –se estiró perezosamente–. ¿Necesitas ayuda en la cocina?

–No, no hace falta… –si entraba en la cocina comprendería que había mentido respecto a los preparativos–. ¿Por qué no vas a darte una ducha?

–Eso haré. Ha sido un día caluroso, me vendrá bien refrescarme. No tardaré.

Iba hacia la puerta cuando se detuvo de repente,

giró y la miró con una sonrisa maliciosa y un brillo diabólico en los ojos.

–A no ser, claro está, que decidas acompañarme.

La sonrisa y el brillo de sus ojos eran pura tentación y, a su pesar, todas las hormonas femeninas de Cassie se dispararon. Se le aceleró el corazón. Deseó besar sus sensuales labios. Sería muy fácil decir que sí… De hecho, abrió la boca para aceptar, cuando una salvaje reprimenda de su sentido de supervivencia lo impidió.

–Si hiciera eso, la cena no estaría lista nunca.

La sonrisa de él se amplió, mostrando sus brillantes y blancos dientes.

–Si te digo la verdad, no me importaría. Tengo otros apetitos más apremiantes –se acercó hacia ella mientras hablaba. En un segundo más habría sujetado su muñeca para arrastrarla a sus brazos.

–Me parece que no –canturreó ella, consiguiendo que sonara frívolo e insinuante. Un sexto sentido la llevó a moverse en el momento justo, incrementando la distancia entre ellos–. Sé cómo eres cuando tienes hambre, ¡no es agradable! Ve a darte esa ducha y yo prepararé la comida para evitar que me comas a mí.

Aguantó la respiración al verlo inmóvil y callado. La soltó con alivio cuando Joaquín asintió.

–De acuerdo –dijo con calma. Pero sus ojos prometían que no lo convencería tan fácilmente después–. Lo haremos a tu manera… por ahora.

Cassie, al verlo subir las escaleras, se dijo que había ganado ese asalto. Pero no se sentía vencedora, al contrario, le parecía haber sufrido una terrible derrota.

Habría sido muy fácil seguirlo. Desnudarse, entrar al cuarto de baño, abrir la puerta de la ducha y reunirse con él. Y deseaba hacerlo. Ésa era la cruel ironía. Deseaba estar con él, dormir con él, que le hiciera el amor.

Ahí estaba lo malo. Quería que le hiciese el amor. Y no lo haría. Él sólo quería sexo; y ella no podía soportar la idea de acostarse con él y que no significara nada. Además, cuando Joaquín recuperase la memoria y recordase sus sospechas sobre Ramón, cómo había rechazado su insultante oferta de matrimonio y su salida del piso de Ramón, se pondría furioso. Se sentiría utilizado. Pensaría que había ido a su cama por... por...

Cassie se tragó un sollozo: «Porque desde el accidente no podía ir a la de Ramón».

Había dicho algo muy parecido en el piso de su hermano: «¿Eres tan insaciable que has pasado de mi cama a la de mi hermano en una semana?» Simplemente pensaría que había actuado a la inversa, yendo de la cama de Ramón a la suya.

No podía permitir que eso volviera a ocurrir. No podría soportarlo. Era mejor seguir con su plan original y preparar la comida. No había mentido al decir que Joaquín se ponía de mal humor cuando tenía hambre.

Se le había ocurrido la idea de la cena especial en un momento de desesperación, para evitar el restaurante, pero quizá podría sacarle provecho. Haría la paella, la compartirían y después hablarían...

Intentaría despertar su memoria una vez más. Le haría pensar en la noche anterior a que ella lo dejara. Tendría que contarle toda la verdad, al menos respecto a los problemas que habían surgido entre ellos. Era la única manera.

Le contaría cómo se había sentido, y por qué había pensado que no tenía más alternativa que abandonarlo. Le contaría las dudas y miedos que habían asolado su mente, su temor de que él pusiera punto final a la relación y por qué había decidido hacerlo ella antes.

Así, al menos, cuando recordase sabría por qué había actuado así. Sabría por qué se había ido, dejando esa nota, por qué se había mudado al piso de Ramón. Aunque ya no la quisiera, al menos no odiaría a su hermano. Ella no tendría ese peso en la conciencia.

Se obligó a ir a la cocina, y sacar cacerolas boles e ingredientes para apagar el rumor del agua de la ducha que se oía desde arriba. No quería pensar.

Pero no pudo evitar imaginarse el cuerpo duro y bronceado de Joaquín bajo la ducha, con el agua cayendo sobre él, recorriendo su espalda…

–¡Ay! –automáticamente, se metió el dedo en la boca para calmar el dolor del corte que se había hecho al cortar un pimiento.

No podía engañarse más. No quería estar allí. Lo que anhelaba era estar arriba, en brazos de Joaquín, fueran cuales fueran las consecuencias.

Si lo que Joaquín más deseaba en ese momento era tenerla en su cama, ella deseaba lo mismo. Era ridículo negarse a lo que ambos querían. Tendría esa noche.

Esa noche y el tiempo que el destino le regalase antes de que el recuerdo de esas semanas regresara al cerebro de Joaquín. Entonces tendría que aceptar… lo que fuera.

Cuando tenía la mano en el pomo de la puerta del dormitorio se dio cuenta, con asombro, que mientras pensaba y discutía consigo misma, justificándose, su cuerpo había actuado por cuenta propia, subiendo las escaleras y llevándola al dormitorio que habían compartido.

La decisión estaba tomada y era incapaz de darse la vuelta y volver a bajar. Eso era lo que quería y necesitaba. Su cuerpo y su corazón lo deseaban más que nada en el mundo.

Abrió la puerta y cruzó el dormitorio, quitándose la ropa por el camino y dejándola caer sobre la alfombra, como un rastro que marcara su paso.

La ducha seguía sonando y el cuarto de baño estaba lleno de vapor. Las puertas de cristal de la cabina de ducha estaban empañadas pero vio la silueta de Joaquín al otro lado. La estructura alta y esbelta, la piel morena, el negro intenso de su cabello. Los detalles estaban borrosos, pero conocía bien sus hombros rectos y su larga espalda, los músculos que se movían en sus brazos cuando los alzaba, la forma de su cintura y de sus caderas, las poderosas piernas salpicadas de vello oscuro. Tragó saliva. Estaba de espaldas a ella y no era consciente de su presencia.

—Ahora o nunca —se dijo para darse ánimos—. Ahora o nunca —abrió la puerta un poco y entró.

Joaquín percibió su presencia de inmediato, el golpe de aire frío en la espalda lo hizo girar en redondo. Se quedó inmóvil, con los ojos clavados en ella.

—Vaya, hola —dijo.

Pero su mirada hizo que ella se sintiera bella y especial, sexy y deseada, adorada en cierto sentido. Y eso era cuanto podía esperar en ese momento; no se habría atrevido a sonar con más, y menos aún pedirlo.

–Hola… –susurró, suave como un suspiro.

Él abrió los brazos y ella se acercó como un pájaro que regresara al nido; sintió que se cerraban a su alrededor, fuertes y cálidos. Mientras durase, estaba en el paraíso.

Capítulo 10

LLEVABA deseándola demasiado tiempo, se dijo Joaquín. Le parecía mucho más que esa semana que había pasado obedeciendo sus reglas y evitando todo contacto íntimo. Cuando por fin llegó a él, cálida y deseosa, creyó que no podría contenerse ni un minuto.

Su pasión era tan salvaje y fiera que no se creía capaz de dominarla. En sus sueños, durante las largas y solitarias noches que había pasado solo en la cama, le había hecho el amor a Cassandra con tanto ardor y pasión que se despertaba con el corazón martilleando y la sangre bullendo en su interior como lava de volcán.

Había pensado que cuando Cassandra volviera a permitir que la tocase, su pasión sería una espiral desbocada e incontrolable. Que bastaría con un roce de su mano, el olor de su piel, la suave presión de su boca, para llevarlo al punto más alto del placer. Que la tomaría con fuerza y rapidez y, mientras se recuperaba de la explosión del clímax volvería a sentir el hambre insaciable que pedía más y más y más.

Pero desde el momento en que la vio, todo eso había cambiado. Incapaz de pensar, con la boca seca, se había sentido como un adolescente enfrentándose a su primera experiencia con una mujer.

El cabello rubio caía suelto sobre sus hombros, su

glorioso cuerpo estaba totalmente desnudo y sonrosado por el calor de la ducha. O quizá por vergüenza.

Desechó esa idea. Tras doce meses juntos, Cassandra no tenía por qué avergonzarse. Aunque lo cierto era que él también se sentía inseguro y tímido. Lo cierto era que no sabía qué hacer. El inesperado cambio de la situación lo había dejado desconcertado.

Cuando le abrió los brazos, le pareció que también le abría su corazón, exponiéndolo, descarnado y vulnerable. Lo destrozaría que lo rechazase.

Pero no lo había hecho. Fue directa hacia él, como un pajarillo, y se había acurrucado en sus brazos. En ese momento, Joaquín se juró que nunca la dejaría marchar.

Él agua caía sobre ellos con demasiada fuerza para su estado de ánimo, así que alzó el brazo y cerró el grifo.

–Cassandra…

Murmuró el nombre contra su boca, incapaz de decir más. Su cuerpo palpitaba con urgencia pero, sin embargo, no pedía una satisfacción rápida e instantánea.

Necesitaba algo más. Algo más lento, largo y profundo. Más. Algo que lo llenara emocionalmente.

La abrazó con más fuerza y, medio en vilo, medio andando, la sacó de la cabina de ducha. Ella le dejó hacer, parecía dispuesta a ir a cualquier sitio con él. Así que agarró un par de toallas y la llevó hacia la cama.

Con una mano, extendió una de las toallas sobre la colcha azul y la tumbó sobre ella. Después empezó a secarla suavemente con la otra.

Cada roce del suave algodón era una caricia, seguida por la suave presión de sus labios en la piel recién secada. Cada beso iba acompañado de un comentario, de un cumplido o de un halago.

Le dijo lo bella que era, el deseo que encendía en él y que quemaba su alma. Mentalmente dijo aún más cosas que aún no se atrevía a decir en voz alta, por temor a que ella no deseara oírlas.

Ella contestaba con suspiros. Su cuerpo respondía estirándose y contrayéndose sobre la cama. Veía el fuerte latido de su pulso en las delicadas venas azules de su cuello y oía cómo se aceleraba su respiración.

Lo buscó con las manos, acercándolo. Sus bocas se encontraron en el beso más profundo, largo y satisfactorio que había disfrutado en su vida.

–¡Cassandra! –gimió–. Querida… ¡mi belleza! ¿Sabes lo que me haces…? –se quedó sin habla cuando esas manos se cerraron sobre su erección, acariciándolo provocativa y seductoramente–. ¡Cassie! –su lengua fue incapaz de formar su nombre entero, no tenía aliento. Además, de repente, «Cassandra» le pareció demasiado largo, inapropiado para el momento–. Cassie –volvió a suspirar.

La había querido cálida y deseosa, y así la tenía. Era cuanto había soñado y más. Se apretaba contra él con premura, deseosa, a pesar de que él habría preferido ir más despacio, tomarse su tiempo para excitarla y tentarla, prolongar la espera y así incrementar el placer de ambos.

Pero había una vulnerabilidad desconocida y nueva en ella. Esa sensibilidad pareció invadirlo a él también. Era como si hicieran el amor por primera vez, como sí él nunca hubiera hecho el amor hasta entonces. Y al mismo tiempo, sentía el profundo conocimiento y experiencia del pasado, de dos amantes que se reencontraran en un momento intenso y poderoso como ninguno.

Todos sus sentidos se habían agudizado; el placer era mayor que nunca. La textura de su piel era la más suave, su olor pura intoxicación. Sus besos eran miel y especias y su voz música para sus oídos.

Nunca se había sentido tan duro, tan caliente, tan excitado, pero nunca había querido ir tan despacio. Quería regodearse con cada sentido, estirar el placer hasta el pico más alto, alargarlo eternamente.

Cassandra parecía corresponderle a la perfección. Con un instinto infalible, adivinaba sus deseos casi antes que él, y le devolvía el placer que él le daba multiplicado por cien, alimentando sus sentidos, creando nuevos deseos, satisfaciendo y tentando a la par.

–Joaquín… –suspiró contra su boca–. He deseado, necesitado… tanto tiempo. Tanto tiempo.

–Yo también –aseguró él, sabiendo exactamente cómo se sentía.

Había sido la semana más larga de su vida. Parecían mucho más de siete días. Se sentía como si hubiera estado sin ella toda una vida. Como si ésa fuera la primera vez mágica para ellos. Como si nunca hubiera sido así antes.

–Te he echado de menos, querida –murmuró con voz ronca–. No sabes cuánto…

Su voz se apagó al sentir una vibración en su mente. Algo que parecía un recuerdo, como una puerta que se entreabriera un segundo, dejando entrar un rayo de luz antes de cerrarse y devolverlo al presente.

–No sé cómo he esperado…

–Ni yo tampoco –musitó ella con una risita–. Ni yo tampoco.

–A veces pensé que me moriría si no volvía a tenerte en mi cama. Que moriría o me volvería loco.

–Lo sé. Lo sé. Yo sentía lo mismo.

Se movió y restregó su cuerpo contra el suyo, rozando su pecho con los senos, arqueando la pelvis hacia su erección, enredando las piernas con las suyas, hasta hacerlo gruñir de deseo.

–No esperes más, Joaquín –le susurró al oído, acariciando el lóbulo con la lengua–. No me hagas esperar más… no hagas que esperemos más.

Era imposible esperar cuando ella lo apremiaba con esa voz persuasiva y suave. No podía negarle nada.

La situó bajo él y ella se abrió a él deseosa. Cuando la cubrió con su cuerpo, le pareció que regresaba a casa tras el viaje más largo de su vida.

–¡Dios del cielo! –masculló entre dientes, intentando controlarse lo suficiente para que fuera perfecto para ella.

No sabía por qué le parecía tan esencial en ese momento. Había un recuerdo profundo y borroso que intentaba aflorar en su mente, pero no podía concretarlo. Sólo sabía que tenía que ser perfecto. Que nunca se perdonaría si lo estropeaba todo.

Se hundió en su interior húmedo y cálido como en un sol líquido, bañándose de luz, adentrándose tanto como pudo, con toda su fuerza.

Aguantó tanto como pudo, aunque casi lo mató sentir a Cassandra retorcerse y gemir bajo él, perdida en un mar de sensaciones. Sus delicadas manos lo atormentaban con sus caricias, buscando sus puntos más sensibles.

Cuando oyó el pequeño grito ahogado que reconocía del pasado y su cuerpo se tensó, supo que la espera llegaba a su fin. Un par de segundos después, el grito se convirtió en un gemido y el gemido en un agudo sonido de deleite. Ella se arqueó bajo él, con los ojos cerrados y sin apenas respirar, mientras se perdía en un orgasmo salvaje y poderoso.

Él la sujetó con más fuerza mientras se debatía en una tormenta de placer y su cuerpo se convulsionaba una y otra vez. Cuando ella empezaba a descender del punto máximo de éxtasis, soltó las riendas de su control y dejó que su propia pasión se desbordara, siguiéndola al un abismo de plenitud.

Cassie volvió en sí lentamente. Regresó a la realidad con lágrimas en las mejillas y un torbellino confuso en la mente. Se preguntó qué le había ocurrido. Qué les había ocurrido a los dos.

Joaquín y ella habían estado juntos cientos de veces y nunca había sido así. Débil y vulnerable, perdida en un mundo que no reconocía, sólo pudo pensar una cosa. Y la aterrorizó.

Esa vez había sentido que hacían el amor.

En cualquier otro momento, en otras circunstancias, eso la habría hecho feliz. Pero esa noche, no se atrevía a que ese pensamiento invadiera su mente.

Incluso si había ocurrido algo que había cambiado la forma de pensar de Joaquín. Incluso si él había empezado a sentir algo muy distinto de la pasión descarnada que había sentido por ella hasta entonces. Incluso si su sueño se había hecho realidad y empezaba a quererla como había deseado, sería tonta,

ciega, ingenua y crédula si confiaba en que ese sentimiento durase.

Porque se basaba en una mentira o, al menos, en
una falta de comprensión. Esas cuatro semanas que
habían desaparecido de su memoria se interpondrían
siempre entre ellos. Aunque Joaquín pensase que
sentía algo distinto, que sentía más, no podía permi-
tirse creer en ese sentimiento, aunque le partiera el
corazón.

Cuando recordase, todo se derrumbaría. Minaría la
base de lo que estaba sintiendo. Por esa razón, ella no
podía tener esperanza en un futuro juntos.

Una lágrima solitaria se deslizó por su mejilla.

–¿Lágrimas, querida? –la voz grave y ronca la sobresaltó. Un segundo después, los labios cálidos de
Joaquín besaban la diminuta gota salada, absorbién-
dola.

Cassie abrió los ojos y se encontró con los de él.

–¿Por qué lágrimas, belleza? ¿Por qué ahora?
–murmuró–. Sólo puedo desear que sean lágrimas de
júbilo, de plenitud y deleite.

–Plenitud, sí… –musitó ella débilmente. Algunas
lo habían sido. Las que había derramado en el punto
culminante de su explosivo orgasmo. Lágrimas que no
había podido controlar y había derramado sin ser
consciente de ello.

Pero esa última lágrima no. Ésa se debía al miedo,
la pérdida, la desesperación. Una desesperación tan
desbordante que no se atrevía a enfrentarse a ella en
ese momento, y menos a expresarla en modo alguno.

Joaquín no parecía escucharla. Estaba concentrado
en trazar los contornos de su rostro con el dedo índice,
absorto, ensimismado.

–Íbamos a comer – murmuró, con voz profunda y sensual–. Parece que nos hemos… distraído. Quizá deberíamos pensar en eso ahora, ¿eh? Antes de que se acabe la noche.

–Yo… no tengo hambre –consiguió decir Cassie.

No se sentía capaz de volver a comer. No le haría falta si pudieran quedarse allí, disfrutando de la paz y ensoñación que los envolvía tras su pasión, sin tener que moverse, pensar, ni explicar nada nunca más.

Pero, por lo visto, Joaquín estaba hambriento, o inquieto. Besó sus labios y se levantó de la cama, buscando algo con los ojos. Lo encontró de inmediato.

Emitió un sonido de satisfacción y se puso el pantalón de pijama que había sobre la silla.

–¿Joaquín? –Cassie intentó despertarse del todo, salir del estupor en que la había sumido su tumultuoso clímax. No podía enfocar los ojos y veía su silueta borrosa, sin distinguir la expresión de su rostro– ¿Qué?

Él movió la mano exigiendo silencio y salió de la habitación. Cassie lo oyó ir hacia el dormitorio en el que ella había dormido durante la última semana y se tensó instintivamente, preguntándose qué hacía.

No recordaba si había desempaquetado y guardado todo lo que había traído de casa de Ramón. Sabía que la verdad saldría a la luz antes o después, pero le rogó al destino que no fuera en ese momento. Deseaba disfrutar de esa noche especial sin que la estropearan los celos y las sospechas. Así podría recordarla cuando todo lo demás se derrumbara y terminase.

Un momento después, Joaquín regresó con una prenda en la mano. A ella se le paró el corazón.

–Toma, ponte esto –le ofreció la delicada bata de seda verde. No parecía recordar la última vez que se la había visto puesta y las conclusiones a las que había llegado en el piso de Ramón.

Aunque él no recordase, Cassie no podía olvidar; las acusaciones que le había lanzado resonaron en su cabeza como un eco.

–¿Quieres que me la ponga? –dijo, temiendo el momento en que la viera con ella puesta por primera vez desde el accidente. Eso podía revivir sus recuerdos. Se estremeció al pensar en la inevitable explosión que eso desencadenaría–. ¿Por qué?

Joaquín ignoró su pregunta, fue hacia ella y le metió un brazo en la bata. Hizo lo mismo con el otro y después la sacó de la cama. Cerró la bata alrededor de su cuerpo y ató el cinturón.

–Ya está –dijo satisfecho–. Ahora ven conmigo.

–Pero…

Cassie decidió no protestar más. Se arriesgaba a qué él se preguntase por qué estaba tan intranquila. No parecía haber recordado nada de momento.

–¿Vamos a… piensas comer algo?

Sin contestar, él tomó su mano y la condujo con firmeza escaleras abajo. Cassie lo siguió sin discutir. No sabía si era el hambre lo que le había provocado una extraña sensación de náuseas. El hambre o el remordimiento de conciencia unido a la aprensión de que Joaquín recuperase la memoria.

En cualquier caso, se sentiría mejor con algo en el estómago. No había comido nada desde el desayuno.

Sin embargo, Joaquín no se detuvo en la cocina, como ella esperaba. La condujo a través del salón y las puertas del patio hasta la terraza donde estaba la piscina, iluminada por la luz de la luna.

–¿Joaquín? –tiró de su mano, confusa–. ¿Qué ocurre? ¿Dónde vamos?

Le dio la impresión de que un rayo de luna caía directo al otro lado de la piscina, iluminando la tumbona de madera como un foco. La tumbona en la que Joaquín y ella habían hecho el amor la noche antes de que lo abandonara.

Esa vez le había costado mucho, pero la siguiente sería mucho peor. Tenía la sensación, o el delirio, de haber hecho el amor de verdad con el hombre al que adoraba. Y su corazón se partiría en dos si él le pedía que se marchase de su lado.

Joaquín se volvió hacia ella y sonrió.

–Espera y verás –ordenó–. Lo descubrirás enseguida.

–Pero… –para su horror, la llevó por el borde de la piscina hacia la tumbona.

–Joaquín –insistió, intentando sonar natural–. No estoy vestida para estar aquí fuera, apenas llevo nada.

–Yo no me preocuparía por eso. Me gustas cuando apenas llevas nada. Y aquí tenemos tanta intimidad como en el dormitorio.

El corazón de Cassie dio un bote, cortándole la respiración. Se preguntó si Joaquín lo sabía todo. Había dicho casi lo mismo que aquella otra noche que había estado allí fuera, haciendo el amor al aire libre.

Quizá lo estaba haciendo a propósito. Le temblaron la piernas y se tambaleó un poco.

Cabía la posibilidad de que Joaquín hubiera recordado todo y fuera a decírselo. Y estaba utilizando lo ocurrido aquella noche para advertirla de lo que se venía encima.

Capítulo 11

CLAMÓ al cielo para que no fuera así.

Cassie no podría soportar que la angustia llegara tan pronto, después de la maravillosa forma en que le había hecho el amor. Si le decía que no quería volver a verla no podría soportarlo.

—¡No!

Joaquín giró en redondo, con expresión atónita. Ella comprendió que había desvelado demasiado. Su voz había descubierto el pánico que crecía en su interior, alertándolo de su precario estado mental.

—¿No? —inquirió él cortante, helándole la sangre—. ¿Por qué no, querida? ¿Qué ocurre?

—No… no puedo.

—No puedes, ¿qué?

—No puedo hacer esto.

La expresión de él se endureció más, las oscuras lagunas de sus ojos la escrutaron con sospecha. Seguía sujetando su mano, pero ella percibió el cambio en sus músculos, la tensión que denotaba control y determinación por hacer su voluntad.

—Cassie…

La nota de advertencia había regresado.

—¿Qué es lo que no puedes hacer? ¿Qué es lo que te da miedo?

Ella no sabía cómo contestar a eso. Un súbito chillido y un aleteo, le dio la respuesta que necesitaba.

–¡Los murciélagos! –el temblor de su voz era genuino y cuando una de las criaturas nocturnas se acercó, se estremeció de manera muy convincente–. No me gustan los murciélagos… son…

–¡No tienen por qué dar miedo! –afirmó Joaquín. Cassie sintió un intenso alivio al comprender que el leve temblor de su voz se debía a la risa; la ira y la impaciencia habían desaparecido.

–¡Puede que a ti no! Pero odio cómo revolotean alrededor de mi cabeza… ¡y chillan!

–¡Chillan! –Joaquín empezó a reírse abiertamente, a carcajadas. Sus rasgos se relajaron por completo–. ¿Y eso es lo que te preocupa? No te harán daño, belleza. En absoluto. De pequeño atrapé uno para tenerlo de mascota.

–¿En serio? –intrigada por la imagen de él como niño, Cassie lo miró con fascinación.

–Sí, pero sólo lo tuve un par de días. Había olvidado que son animales nocturnos. Señora no hacía nada durante el día; cuando yo quería dormir ella se ponía en marcha.

–¿Señora? ¿Eso la llamabas?

–Señora Murciélago. La verdad, no sabía si era una hembra, pero intuí que sí. Era bonita. Así que ya lo ves, has elegido al hombre perfecto.

–¿Ah, sí? ¿Perfecto para qué?

–Para protegerte de los murciélagos. Durante el resto de tu vida, si me dejas, Cassandra…

Su expresión se volvió seria, concentrada y sombría, mientras escrutaba su rostro.

–No –protestó ella, temerosa, adivinando lo que iba a ocurrir–. No, por favor.

Pero Joaquín la ignoró, tiró con suavidad de su mano y la atrajo hacia su pecho. Colocó la mano bajo su barbilla y alzó su rostro. Sus ojos negros quemaron el azul de los suyos.

–Cásate conmigo, Cassandra –suplicó–. Cásate conmigo y te prometo que te protegeré de los murciélagos, te protegeré de todo, te lo prometo.

Un nudo atenazó la garganta de Cassie, ahogándola. Él la protegería de todo, pero no podía protegerla de él mismo.

–Pero… pero tú dijiste que no creías en el matrimonio… –deseó con todas sus fuerzas que él apartara la vista. Que esos ojos negros dejaran de mirar su rostro, que debía estar mostrando sus miedos y dudas, sus secretos.

–No te comprometes –susurró con desesperación–. Nada de ataduras.

–Dije eso, pero entonces no pensaba a derechas.

–Y… ¿ahora sí? ¿Ahora piensas a derechas?

Cassie sabía que no era así. No podía pensar a derechas sin disponer de todos los datos. No podía saber lo que sentía ignorando lo que había ocurrido, lo que había llegado a pensar de ella. No podía pedirle que se casara con él cuando no sabía quién era ella.

–Creo que sí –dijo él con convicción.

Pero Cassie no podía confiar en sus palabras hasta que él no supiera la verdad. El bello rostro masculino se desdibujó ante sus ojos y sintió el ardor de las lágrimas en el fondo de los ojos. No podía derramarlas, y se mordió el labio para evitarlo.

–Nunca he pensado tan a derechas en mi vida. Por fin sé lo que quiero, lo que quiero de verdad.

–Y… –dijo ella, sin aliento–. ¿Y qué es?

–Cassandra, querida, ya lo sabes… te quiero a ti.

Volvió a tomarla de la mano y la llevó hacia la tumbona. Se sentó y la colocó a su lado. Miró con fijeza sus ojos.

–Deja que ten cuente algo sobre mi familia. Sobre mi padre, y Ramón y Alex.

Cassie asintió en silencio y esperó a que hablara. Nunca había sido capaz de entender las complicadas relaciones entre la familia de Joaquín.

–¿Sabes que mis dos hermanos en realidad son hermanastros, hijos del mismo padre pero de madres distintas? Tenía quince años cuando me enteré de la existencia de Ramón; descubrí que mi padre había sido infiel al mi madre. Había tenido un hijo con una amante que tenía casi desde el principio de su matrimonio. Unos años después apareció Alex, otro hijo, y de otra mujer. Otra infidelidad.

Movió la cabeza y miró hacia la piscina, con los ojos vidriosos y desenfocados.

–Yo creía que tenían el matrimonio perfecto. Estaba muy equivocado. Fue un matrimonio de conveniencia: sin amor ni compromiso. Un acuerdo dinástico con una compensación económica. Mi padre nunca tuvo intención de cumplir sus votos matrimoniales. Y yo era su hijo, idéntico a él, decían todos.

–No en tu carrera profesional –intervino Cassie–. Nunca quisiste trabajar en publicidad, siempre soñaste con establecer tu propio viñedo y crear vinos.

–¿El Loco? –la boca de Joaquín se curvó de medio lado, con una sonrisa cínica–. Eso es lo único en lo que somos diferentes. Pero en lo que no quería parecerme a él, me parecía mucho. De tal palo, tal astilla, pensé siempre. Creí que no podría ser feliz con una sola mujer. Que, igual que él, sería un mujeriego, con una nueva mujer en mi cama cada año.

Cassie se mordió el labio inferior y agachó la cabeza para esconder el brillo de las lágrimas. Joaquín no le estaba contando nada que no supiera ya. Y lo estaba explicando con mucha más gentileza que en el pasado, cuando le lanzó el discurso de «sin ataduras, ni compromisos». Pero, a pesar de la gentileza, esta vez le dolía aún más. Sabía que no decía más que la verdad.

–Entiendo –suspiró. Se sobresaltó cuando él la agarró de los hombros y la sacudió para hacerla entender.

–No, belleza, ¡no lo entiendes! –dijo con dureza–. No utilizarías ese tono si supieras lo que intento decirte. Lo que quiero que sepas.

–¿No lo sé? –Cassie alzó la cabeza, sus ojos azules parecían confusos–. No puedo… ¿qué quieres que sepa?

–Que me he dado cuenta de que no soy como mi padre. Que ya no quiero ir de mujer en mujer, de relación en relación. He cambiado. Necesito que me creas. Y quiero que aceptes esto.

Metió la mano en el bolsillo y sacó una caja azul oscuro. Cuando la abrió, el brillante y perfecto solitario destelló a la luz de la luna. Era tan bonito que Cassie se quedó sin aliento y se le disparó el corazón.

–Joaquín… –gimió. Se quedó sin voz.

–Cásate conmigo, Cassandra –siguió Joaquín, con voz ronca y teñida por una emoción que ella no había oído antes–. Dime que aceptas mi propuesta, que me dejarás estar contigo para siempre. Lo digo en serio, créeme.

–Te creo.

Lo terrible era que lo creía de verdad. No tuvo duda cuando miró su rostro, las ascuas ardientes de sus ojos. Joaquín lo decía muy en serio. Pero no sabía lo que había ocurrido entre ellos.

Quizás si no hubiera estado sentada en esa tumbona, si no hubiera llevado puesta la bata que él había considerado evidencia en contra suya cuando fue al piso de Ramón, habría podido soportar la situación. Se habría permitido la esperanza. La ironía de la situación era terrible. Cuando por fin el hombre al que amaba le hacía una propuesta de amor que debería haber llenado de júbilo su corazón, se sentía deprimida, sin vida, consciente de que no existía felicidad posible para ella.

–Entonces, di que sí –urgió Joaquín–. Di que te casarás conmigo.

–Yo no…, yo...

–Debías saber que esto iba a ocurrir. Debes haber comprendido que tú eras distinta… que eras especial para mí.

–¿Debía?

–¡Por supuesto! –Joaquín ignoró la pregunta como si fuera ridícula–. Sabes cuánto tiempo llevamos juntos, eres la única mujer con la que he estado más de un año.

«Más de un año». Cassie casi se derrumbó de dolor. Deseó rodear su propio cuerpo con los brazos. Volvió a sentir náuseas que la dejaron débil y temblorosa.

Técnicamente, era verdad. Habían estado juntos más de un año, pero sólo porque Joaquín había perdido la memoria. De no ser así, cada uno habría seguido su camino dos semanas antes. Cuando Joaquín recordara, se arrepentiría de la impetuosa proposición que acababa de hacerla.

—¿Qué contestas?

—Yo…, verás, yo… ¡No! No, no puedo. No me casaré contigo. Por favor, no hagas preguntas. No lo haré…, Joaquín la respuesta es no.

Un «no» era lo último que él había esperado. Fue como si le estallara una bomba en la cara.

—¿No? —repitió con una voz que ni él mismo reconocía—. ¡No! No puedes decirlo en serio.

—Sí es en serio —replicó Cassie, con poca convicción. Él comprendió que no debía rendirse aún.

—No lo acepto.

—¡Oh, por favor! ¡Debes aceptarlo! —su mirada le suplicó que la creyera, pero él no estaba de humor para hacerlo.

—¿Debo? —repitió con tono fiero—. Dime, querida, ¿por qué diablos debo aceptarlo?

—Por el accidente. Dices que estás pensando a derechas, pero no es posible. No puedes saber lo que sientes. Podrías arrepentirte cuando recuperes la memoria.

—¡Nunca! Estoy diciéndote que te amo. ¿Cómo voy a arrepentirme de eso? Cassandra, no me importan los recuerdos de esas cuatro semanas…

Le pareció ver lágrimas en sus ojos. Eso sería bueno, significaba que estaba debilitándose. Que podría reconsiderarlo. Pero un instante después ella destruyó sus esperanzas.

—Pero a mí sí me importan. No puedo casarme contigo. Tienes que aceptar mi respuesta, Joaquín, es la única que puedo darte por ahora.

Por ahora.

Él se aferró a esas dos palabras. Eso significaba esperanza, no cerraba la puerta del todo.

–Volveré a pedírtelo –dijo–. Algún día recuperaré mi maldita memoria, entonces te pediré de nuevo que seas mi esposa.

Lo dijo para que ella se sintiera mejor. Para demostrarle que iba muy en serio. Sin embargo, pareció tener el efecto contrario; ella palideció aún más y sus ojos se nublaron.

–De acuerdo, entonces –aceptó con cansancio–. Lo acepto. Cuando recuperes la memoria, si aún quieres pedírmelo, te escucharé.

No era lo que él había soñado, pero era algo. Tendría que conformarse con eso de momento.

–Te guardaré la palabra. Esto no acabará aquí, Cassandra. No lo permitiré –pasó un dedo por las sombras oscuras que había bajo sus ojos y percibió su agotamiento–. Pero esta noche estás muy cansada, ambos lo estamos. Nos irá bien una buena noche de descanso.

Se puso en pie y, rodeando su cintura con un brazo, la levantó.

–Pero dormiremos en la misma cama –aseveró, dejando claro que no cedería por mucho que discutiese–. Me importan un pimiento los médicos y sus órdenes. Te quiero conmigo, a mi lado, en mi cama, donde perteneces.

Ella no protestó, aunque él temió que fuera a hacerlo. Abrió la boca, inhaló y lo pensó. Pero un segundo después cambió de opinión, cerró los ojos y asintió con la cabeza.

–Bien –dijo él, levantándola en brazos. Era su mujer, y un día ella lo entendería.

Su mujer. Sintió que el júbilo llenaba su corazón.

Pasaría la noche en su cama, dormiría en sus brazos y se despertarían juntos al día siguiente.

Mañana sería otro día. Otro día para iniciar su campaña de nuevo, hasta que llegase el día en que ella le diera la respuesta que quería.

No estaba dispuesto a aceptar ese «no». No podía vivir con eso.

Así que la llevó a su cama y todo fue tal y como había imaginado. A pesar de su agotamiento, Cassandra se volvió hacia él y lo abrazó; una vez más la pasión estalló entre ellos, fuerte e innegable. Quemaron las horas de la noche envueltos en esa pasión, borrando el tiempo, la memoria y la incertidumbre. En la mente de Joaquín sólo cabía saber que ésa era la mujer que quería para el resto de su vida.

Se durmió con ese pensamiento. Repleto, satisfecho y convencido de que lo ocurrido esa noche había sido un contratiempo temporal, sólo una curva en el camino que llevaba al futuro que había creído tener en sus manos. Durmió profunda y largamente; no se despertó hasta que el sol estuvo alto en el cielo y el reloj le indicó que iba retrasada. Si no se marchaba de inmediato, llegaría tarde a la reunión.

Saltó de la cama y fue a la ducha, aunque no quería hacerlo. El mismo instinto inconsciente lo llevó a vestirse, ignorando las protestas de su cuerpo y su corazón, que lo instaban a volver a la cama con Cassandra.

Deseaba tenerla entre sus brazos y observar cómo emergía lentamente del profundo sueño en que estaba sumida. Deseaba inhalar el suave aroma de su piel, despertarla con sus besos. Oírla suspirar y ver cómo aleteaban sus pestañas, hasta que los párpados se alzaran y lo mirase. Más que nada, deseaba ver ese azul claro y brillante oscurecerse y nublarse con una pasión que no podía ocultar.

Pero una estúpida reunión se lo impedía. Maldiciéndose por no haber designado a alguien que lo sustituyera, fue hacia la puerta. Al tocar el pomo, comprendió que no podía irse aún. No sin despedirse, sin un último beso, sin ver a Cassandra otra vez.

Sacudió la cabeza, diciéndose que estaba loco por ella, asombrado por cómo se estaba comportando. Había perdido el corazón y el alma por esa mujer, si le costaba tanto separarse de ella un par de horas.

Cuando llegó a la parte superior de la escalera, una especie de eco resonó en su cerebro, una vocecita le dijo que algo iba mal. No estaba pensando a derechas, en absoluto. No tenía que ir a trabajar. No tenía que ir a ningún sitio.

Era sábado. Era sábado por la mañana y no importaba que se despertase tarde, o pasara todo el día en la cama. La reunión con los compradores de Londres ni siquiera tendría lugar ese día.

Estaba levantado, vestido y encaminándose a una reunión que se había celebrado tres semanas antes.

Se detuvo. La mano que había levantado para abrir la puerta del dormitorio quedó en el aire. Recordó lo ocurrido.

Los sueños de esa noche habían despertado a su cerebro. Los efectos del accidente, del golpe, habían desaparecido por fin, despejando su mente del todo.

Ya no le faltaba un mes. Su memoria había vuelto con fuerza y viveza devastadoras.

Al verlo todo con claridad, comprendió por qué había querido borrarlo de su mente.

Capítulo 12

CASSIE se despertó lentamente.

El sueño profundo en el que se había sumido la tenía medio drogada. A pesar de que el sol brillaba con fuerza y atravesaba sus párpados cerrados, quería seguir donde estaba. Anhelaba mantenerse en ese estado de duermevela en el que nada importaba excepto su bienestar y el saber que Joaquín estaba allí, a su lado…

Pero no estaba.

Frunció las cejas cuando la mano que había extendido para buscar al hombre en cuyos brazos había dormido encontró sólo un vacío y unas sábanas ya frías.

Eso sirvió para recordarle la otra vez que se había despertado y Joaquín no estaba allí. Se despertó de sopetón, preguntándose si también esa vez se había ido porque tenía otros planes, o si sencillamente la había dejado dormir.

Se preguntó cuándo se libraría del constante miedo de que Joaquín recuperase la memoria. Posiblemente no lo hiciera nunca, porque si recordaba, el miedo sería mucho peor; se convertiría en miedo algo real.

Dio un bote en la cama y se sentó. Hizo una mueca cuando empezó a darle vueltas la cabeza. Comprendió que no había comido suficiente. No habían cenado, así que llevaba más de veinticuatro horas sin comer.

–Oh, no –pensar en comida le provocó náuseas, y tuvo que ir corriendo al cuarto de baño. Llegó justo a tiempo de inclinarse sobre el lavabo y vomitar.

Maldijo para sí, tenía suficientes problemas para encima ponerse enferma. De repente, se quedó helada, incapaz de pensar o respirar, preguntándose…

–¿Te ha sentado mal algo que has comido, querida? –una voz cínica sonó a su espalda.

–No lo sé –murmuró, con la cabeza agachada, escondiendo su rostro y el pánico de sus ojos.

Debía tener un aspecto horrible, sin una prenda que la cubriera y totalmente despeinada. Pero no tuvo tiempo de avergonzarse, algo en la voz de Joaquín le advirtió de que lo peor estaba por llegar.

–¿No lo sabes? Creí que era yo el que tenía problemas de memoria, no tú. Dime, amada, ¿esto significa lo que sospecho? Si es el caso, ¿el bebé tiene más probabilidades de ser mío o de mi hermano? ¿O eso tampoco lo sabes?

Cassie no tenía ni idea de cómo contestar para que la creyera. Tenía la garganta irritada tras vomitar, pero las sequedad provocada por el miedo empeoró aún más la situación.

–Has recordado –gimió, sin mirarlo.

–He recordado –confirmó Joaquín con voz gélida–. He recordado todo, absolutamente todo.

–Me alegro.

Era verdad, aunque le dolió decirlo. Los días de espera, de miedo, de ansiedad habían forzado sus nervios al máximo. No habría podido aguantar mucho más. Al menos, el hacha había caído. Ya no tendría que preguntarse qué ocurriría cuando lo hiciera.

Lo sabía. Era tan terrible como había imaginado.

De hecho, era peor. Lo pensó cuando encontró la fuerza para alzar la cabeza y mirar el reflejo de Joaquín en el espejo. Estaba apoyado en el umbral, con los brazos cruzados sobre el pecho y el rostro deformado por el rechazo y la cólera. Esa misma cólera que hacía que sus ojos se volvieran opacos e impenetrables.

–¿Te alegras? –repitió con desdén–. ¿Cómo puedes alegrarte si eso significa que te he descubierto…?

–¡He dicho que me alegro, y es verdad! –gritó Cassie, giró para enfrentarse a él y tuvo que agarrarse al lavabo para no caerse–. Me alegro de que hayas recuperado la memoria, de que no tengas que vivir con un vacío en tu vida, me alegro de que…

–¿De que recuerde a qué te habías estado dedicando? –ladró Joaquín–. ¿De que sepa, o al menos sospeche, de quién es el bastardo que pretendías colocarme?

–¿De quién es…? –Cassie, luchando con el zumbido que resonaba en su cabeza, intentó comprender.

Aún no sabía si estaba embarazada, aunque tenía que admitir que era posible, pero Joaquín parecía convencido de ello. También parecía creer que…

–¡Eso no es verdad! –gritó cuando entendió por fin su insinuación–. ¡Nunca haría algo así! Además…

–¿No? –la cortó Joaquín–. Entonces, ¿qué has estado haciendo toda la semana? Te has quedado aquí conmigo, sabiendo que estabas embarazada de…

–¡No lo sabía! ¡No! –exclamó al verle alzar una ceja con cinismo–. No sabía, ni siquiera sospechaba estar embarazada hasta este momento.

–Qué ingenua. Al fin y al cabo, la actividad sexual es lo que origina los niños, y como has sido más activa que la mayoría, al menos deberías haberlo sospechado.

–¿Cómo te atreves? ¿Cómo te atreves a implicar…?

—estaba indignada—. No he sido más activa sexualmente que la mayoría...

—Dormir con dos miembros de la misma familia, ¿no cuenta? —preguntó Joaquín con tanto desprecio que ella deseó borrar el desdén de su cara con una bofetada. Tuvo que apretar los dedos para no rendirse a la tentación.

—No, no cuenta, porque no he hecho eso. ¡Nunca lo haría!

—¿No?

—¡No! Y puedes borrar esa maldita mueca de tu cara. Si fueras un caballero, al menos tendrías la cortesía de apartarte para dejar que vaya a vestirme.

Se dijo que estaría más tranquila vestida. No mejor. Nada podía hacer que se sintiera mejor, pero al menos estaría más cómoda, menos vulnerable, tapada.

—Perdón, lo siento. ¡Me avergüenzo! —escupió Joaquín con cinismo. Ella se estremeció como si su lengua fuera un látigo que la fustigase—. En cierto modo, cuando estoy contigo algo me hace olvidar que soy un caballero.

Aun así, se apartó del umbral y la dejó pasar.

Cassie, intentando preservar la poca dignidad que le quedaba, pasó con la cabeza bien alta, utilizando la poca fuerza que le quedaba para controlar el temblor de sus piernas y que su rostro no mostrara la tristeza que le desgarraba el alma.

Llegó hasta la cama y se dejó caer en el borde.

—Toma... —alzó la cabeza y la asombró descubrir que Joaquín le ofrecía algo. Era la bata de seda verde que había utilizado la noche anterior.

No se la pondría. Mezclaba dos recuerdos, uno bueno y uno malo; no la soportaría sobre la piel.

–Oh, no –gimió, moviendo la cabeza con fuerza–. No, por favor, ¿no hay otra cosa?

–¿Como qué?

Siguió la dirección de la mano que ella agitaba, dejó caer la prenda de seda al suelo y le tiró la que señalaba sobre el regazo.

Cassie miró el algodón negro con desolación. La bata de Joaquín que se había puesto en circunstancias similares la mañana antes de abandonarlo no era mejor opción. Quizá fuera incluso peor.

Un guiño maligno y cruel del destino, había llevado a Joaquín a ponerse el mismo traje gris que aquella mañana. De hecho, llevaba exactamente el mismo conjunto, corbata y gemelos incluidos. Parecía la reescenificación teatral de uno de uno de los peores momentos de su vida.

Pero al menos la bata negra la taparía, la protegería del escrutinio de esos ojos crueles. Así que se la puso, y apretó el cinturón con fuerza.

–¿No hemos estado ya aquí? –se burló Joaquín, mirándola con desprecio–. Sospecho que el final será muy parecido, excepto que esta vez seré yo quien cierre la puerta a tu espalda cuando te marches.

Cassie no pudo evitar pensar que su comentario sonaba teñido de amargura, originado por un sentimiento profundo, un lamento que él intentase ocultar. Pero no podía engañarse, ni ser tan estúpida; «lamento» no existía en el vocabulario de Joaquín y, si no se equivocaba, tampoco «sentimiento profundo».

–¿Piensas que voy a marcharme? –Cassie, desesperada, empezó a retorcer el algodón negro que cubría sus rodillas.

–Sé que vas a marcharte. No te quiero en mi casa,

ni en mi vida. Quiero que hagas las maletas y te vayas. Es lo primero que pensé al recordar. ¿Sigues diciendo que te alegras de que haya recuperado la memoria?

–Sí –suspiró ella–. Sigo alegrándome por ti.

–Sí, para mí ha sido bueno –reconoció Joaquín, con una mueca irónica en los labios–. Pero no tanto para ti. Deberías haber aceptado mi oferta de matrimonio mientras podías, Cassie, querida. Supongo que sigues teniendo a Ramón como segunda opción. Eso si te sigue aceptando cuando sepa que has vuelto a compartir tus favores conmigo.

–Estas muy equivocado respecto a Ramón –suspiró Cassie con desánimo–. No está interesado en mí, nunca lo estuvo. Ha perdido el corazón por una fogosa dama española que lo está volviendo loco. El problema es que aún no se ha dado cuenta.

–En ese caso, tendrás que aprovechar antes de que lo haga. Conquístalo cuanto antes y…

–¡No! –cortó Cassie con firmeza, sin dejarlo acabar.

–¿No? ¿Por qué no?

–Yo diría que es obvio.

Se obligó a ponerse en pie; las piernas la sujetaban mejor. Las náuseas empezaban a desaparecer, pero al verse en el espejo hizo una mueca de desagrado.

Estaba horrible. Pálida, con los ojos rojos y el pelo como un pajar. Pero le daba igual. Sólo podía pensar en lo que Joaquín la creía capaz de hacer, en su amargura. Y quería hacerle ver la verdad cuanto antes. Pero no sabía cómo.

–¿Por qué es obvio? –insistió Joaquín, dándole algo a lo que agarrarse.

Cassie alzó la barbilla con determinación y lo miró a los ojos para que no dudase que hablaba en serio.

–No tengo ninguna intención de conquistar a Ramón por dos razones: una, porque sé que ya tiene relación con otra persona; dos porque sólo hay un Alcolar que me interese, y eres tú.

Joaquín admitió que si le hubiera dado la bofetada que había deseado darle tanto, no le habría impactado tanto como con esas palabras «Sólo un Alcolar… y eres tú». El problema era que casi la había creído. Deseaba creerla, aunque sabía que sería un estúpido si lo hacía.

No podía dudar de la evidencia que había visto con sus propios ojos. La había visto instalada en casa de Ramón, con esa seductora bata, y ella misma le dijo que su hermano le daba algo especial.

«Me da algo que tú nunca me diste» le había dicho aquella noche. La noche del accidente y de su pérdida de memoria. Ella había aprovechado su amnesia para instalarse de nuevo en su casa, jugando con él, hasta llevarlo a confesar sus verdaderos sentimientos por ella. Había vuelto a proponerle matrimonio, una propuesta real esa vez; no cómo la ridícula y estúpida que le había obligado a hacer en el piso de Ramón.

Entonces ella había contestado: «¡Mi respuesta es no! ¡No! ¡Nunca! ¡Jamás en la vida! No me casaría contigo aunque fueras el último hombre de la tierra y el futuro de la humanidad dependiera de ello».

Era imposible decirlo más claro.

Se preguntó por qué demonios había tenido que perder la memoria. Si hubiera recordado cómo eran las cosas, nunca le habría permitido volver a su vida. No le habría entregado su corazón para que jugara con él. Ni habría tenido que pasar por otra negativa a casarse con él.

Y pretendía que creyese esa ridícula afirmación de

que para ella había «un solo Alcolar». Contestó con una frase corta, grosera y obscena.

–¡Es verdad! –protestó ella.

–Sí, claro –hizo un gesto de rechazo con la mano–. Buen intento, amada, pero no te creo. Sería un tonto si creyese una sola palabra de esa mentirosa y bonita boca. Acabas de pasar una semana en mi casa, simulando que no había ocurrido nada…

–¡Tenía que hacerlo! Y sabes por qué. Seguía las instrucciones…

–¡De los médicos! –terminó Joaquín por ella, con veneno en la voz–. Sí, lo sé, me lo has repetido suficientes veces. Pero fue una suerte que esas órdenes coincidieran tan bien con lo que más te convenía: mantenerme a oscuras para poner en marcha tu treta mercenaria, ¿no te parece?

Cassandra pasó el peso de un pie a otro, incapaz de mantenerse quieta. Metió las manos en los bolsillos de la bata, las sacó y se pasó los dedos por el cabello, enredándolo más, en vez de alisarlo. A él le pareció ver que sus manos temblaban.

–¿Qué treta?

–La que te permitía estar en mi casa, supuestamente cuidándome, y ganándote mi confianza, ¡cuando buscabas otra cosa!

Eso acabó con el nerviosismo de Cassie. Su humor también cambió de repente. Echó el pelo hacia atrás y tensó la mandíbula, con gesto desafiante.

–Y ¿qué es lo que buscaba?

Joaquín reconoció, con furia, la inmediata e indeseada respuesta de cuerpo al ver el fuego de sus ojos, el color encendido de sus mejillas, que descendía por su cuello hasta el principio de sus senos.

Parecía fuerte y magnífica, pura mujer; una mujer que llamaba a la parte más masculina de su ser con poder que hacía que la cabeza le diese vueltas. Lo que más deseaba en el mundo era tirarla sobre la cama, arrancarle la bata y enterrarse en su glorioso cuerpo. Olvidar su determinación de hacerla salir de su vida.

Cerró los puños y clavó las uñas en las palmas de las manos para no dejarse llevar por la tentación sensual.

–Joaquín –insistió Cassandra con voz grave y firme–. ¿Qué se supone que buscaba cuando volví aquí, aparte de cuidarte, por supuesto?

–¿No es obvio? Querías un hogar, un hombre rico que te cuidara. Debes haber empezado a sospechar que estabas embarazada. Y debía ser demasiado pronto para que fuese hijo de Ramón, a no ser que…

–¡No! –exclamó ella, viendo el rumbo que tomaba su pensamiento–. ¡No! ¡No puede ser de Ramón de ninguna manera! ¿Me oyes? ¡Es imposible!

–Entonces, comprendiste que mi hermano se daría cuenta de que era mío. Aprovechaste que yo no recordaba que me habías dejado para correr a sus brazos, para volver conmigo y hacerme creer que era hijo mío, con la esperanza de que pensara que era el único hombre con el que te habías acostado…

–Eres el único hombre con el que me he acostado. Desde que te conocí no ha habido otro en mi vida.

Sonó demasiado convincente. Pero la ira que ardía en su cabeza le impedía pensar, y siguió adelante, dejándose llevar por la cólera que lo invadía.

–Y casi lo conseguiste. Estaba dispuesto a hacerte mi esposa. Me sacaste una propuesta de matrimonio.

–Que rechacé –Cassie supo que acababa de ganar un asalto. Lo había dejado helado, mirándola con asombro, tenía las pupilas tan dilatadas que casi llenaban el iris de sus ojos.

–¿Qué?

Parecía tan atónito, que Cassie sintió lástima de él. Pero la ignoró. Por primera vez desde que él había llegado al cuarto de baño, la marea se había puesto a su favor. Por primera vez Joaquín parecía a punto de, si no dar marcha atrás, al menos escucharla. No podía dejar escapar esa oportunidad.

–¿Te has oído, Joaquín? –preguntó–. ¿Has analizado lo que dices con un mínimo de lógica racional? –su silencio la animó a aprovechar su ventaja–. Dices que te dejé para irme a vivir con Ramón y que el accidente me obligó a regresar para cuidarte. Y que eso encajaba con mis planes porque sospechaba que podía estar embarazada…

¡Podía estar embarazada! Las palabras resonaron en su cabeza, haciéndole perder el hilo de su argumentación. Hasta ese momento no había absorbido su verdadero significado. Podía estar embarazada de Joaquín. Se preguntó qué iba a hacer si era cierto.

–Eso es lo que he dicho –las palabras de Joaquín obligaron a Cassie a concentrarse de nuevo.

–Entonces, dime, si pensaba eso, ¿por qué rechacé tu propuesta de matrimonio anoche? ¿Por qué no acepté el anillo y me lo puse lo antes posible?

El silencio de Joaquín fue más elocuente que cualquier palabra. Pero vio que seguía dándole vueltas al asunto, buscando algún argumento, así que se apresuró a seguir hablando.

–No podía decir que sí, ¿no lo entiendes? Te quería demasiado…

–¡Amor! –soltó una risa seca y cínica–. ¡Amor!

Ahora sí que te has pasado de rosca. ¡Eso no puedo creerlo!

–¿Por qué no? –a Cassie la asombró descubrir que estaba muy tranquila.

No era la calma de la desesperación, nunca se había sentido tan lúcida en su vida. Era la consecuencia de pensar que podía estar embarazada. No luchaba sólo por sí misma, sino también por el futuro de su bebé. Su hijo necesitaría un padre, y Joaquín también necesitaría a su hijo, aunque lo viera así en ese momento.

–¿Por qué no crees que te quiero? Al fin y al cabo, si no me importaras, habría sido muy fácil decir que sí, que me casaría contigo. Obligarte a comprometerte, aunque sabía que no estabas preparado para tomar esa decisión.

–¡Lo estaba! –gruñó Joaquín como un salvaje–. Sabía lo que decía, lo que quería.

–Lo sé, y te creí. Pero sabía que no pensabas con la mente clara, que había cosas que no recordabas, que yo estaba obligada a ocultarte. Y no podía decir que sí, aunque fuera lo que más deseaba en el mundo. No podía aceptar porque habría supuesto aprovecharme de tu amnesia. Sabía que podías llegar a arrepentirte de tus palabras… y tenía razón, ¿verdad?

El corazón pareció detenerse mientras esperaba su respuesta.

–¿Verdad? –repitió. Vio la respuesta en su rostro. Intuyó su destino antes de que hablara. Se le partió el corazón cuando confirmó su sospecha con palabras.

–Sí –dijo él con voz seca–. Sí, me arrepentí de mi propuesta. Diablos, sí me arrepentí.

Cassie comprendió que no tenía más que decir o hacer. Sólo podía darse la vuelta e irse. Marcharse con un poco de dignidad.

–Eso pensaba –dijo con tristeza, demasiado deso-
lada hasta para llorar. Tenía los ojos secos e irritados y
tuvo que hacer un esfuerzo para no frotárselos–. Iré a
hacer las maletas.

Dio tres pasos hacia la puerta, con el corazón cada
vez más dolorido. Joaquín siguió inmóvil como una
estatua, mirándola.

Un paso más y estiró la mano hacia el pomo.

–¡No!

Fue tan súbito, tan explosivo, que dio un bote en el
suelo, giró en el aire y cayó de frente hacia él. Vio el
cambio de su rostro; tenía una expresión devastada
que marcaba su piel con profundos surcos.

–No –repitió con voz más queda, pero no menos
firma–. No puedo… no puedo dejar que te vayas. No
puedo dejar que me abandones otra vez. Apenas con-
seguí sobrevivir la última. No puedo volver a pasar
por eso.

–¿Tú…? –Cassie no podía creer lo que acababa de
oír–. Tú…

Joaquín no la escuchaba. No esperó a que formu-
lase la pregunta. Se acercó a ella y agarró su mano con
fuerza, como si temiera que intentase huir, escapar.

Cassie no habría sido capaz de hacerlo en ningún
caso. Nunca había sentido las piernas tan débiles. Su
cuerpo entero temblaba. La emoción que veía en los
ojos de Joaquín la había desconcertado, llenándola de
confusión y sin saber qué hacer.

Él empeoró las cosas aún más al poner una rodilla
en el suelo, ante ella. Sin soltar su mano, alzó la vista
y la miró con fijeza.

–Cassandra, todo lo que he dicho son tonterías,
¡pura basura! Estaba dolido y enfadado, y he dicho es-

tupideces que no tienen ningún significado. Voy a intentarlo otra vez –dijo. Si ella no hubiera estado ya paralizada, oír el tono de su voz, ronco y lleno de emoción, le habría impedido cualquier movimiento.

–Intentar… ¿qué? –tartamudeó. Necesitaba hablar pero no sabía qué decir.

–Te he propuesto matrimonio dos veces, y las dos ha sido un desastre. La primera, en el piso de Ramón, fue un insulto, pero también un grito desesperado. Habría hecho cualquier cosa para conseguir que regresaras. Pensé que querías matrimonio y eso fue lo que ofrecí; incluso llevaba el anillo en el bolsillo, aunque sé que lo planteé como una pena de cadena perpetua.

Con la mano que tenía libre, se apartó un mechón de pelo que le había caído sobre la frente, sin dejar de mirarla un segundo.

–Estaba en estado de shock, no sabía lo que decía. Me estaba volviendo loco desde que te fuiste. Te busqué en todas partes sin encontrarte. Y de repente, te encontré con Ramón.

–En el piso de Ramón –intervino ella. No quería distraerlo de su propósito, pero tampoco que persistiera en su error–. Estaba en casa de Ramón, pero no viviendo con él.

–Lo sé –Joaquín la miró avergonzado y movió la cabeza, criticando su estupidez–. En el fondo, siempre lo supe. Pero no podía pensar. Os había visto juntos y, bueno, tengo que admitir que siempre he tenido problemas respecto a mi hermano. Era todo lo que mi padre deseaba y fui tan estúpido que pensé que a ti podía pasarte lo mismo.

–¿Cómo iba a serlo? –preguntó ella con suavidad–. Sólo te quiero a ti. Ya te dije que sólo amo a un Alcolar y eres tú.

–Entonces, ¿por qué…?

Cassie vio las sombras de su rostro, el dolor que nublaba sus ojos y adivinó la pregunta que iba a hacer.

–¿Por qué me marché? Porque pensé que te estabas cansando de mí. Que mis doce meses contigo llegaban a su fin. Que en cualquier momento me dirías que se había terminado.

–¡Nunca! Puede que haya pataleado y luchado, que no lo haya admitido hasta el último minuto, pero sólo porque estaba aterrorizado. No sabía qué me estaba ocurriendo. Nunca me había sentido tan vulnerable, tan expuesto e indefenso. Y cuando empezaste a cambiar…

–Cambié porque yo también me sentía vulnerable. Porque tenía miedo. Y no me atrevía a decirlo porque pensaba que seguía empeñado en lo que acordamos al principio: que sería una relación sin ataduras ni compromisos.

–Yo soy el culpable de eso. Insistí desde el principio y nunca te dije cómo estaban cambiando mis sentimientos. Me daba miedo abrirme a ti, debería haberlo hecho. Haberte dicho que era la mujer que adoro, la mujer que ha dado la vuelta a mi mundo, cambiando mis planes y el rumbo de mi vida. Me has hecho pensar en bodas y anillos y finales felices…

De repente, alzó la mano y colocó sus largos dedos sobre su vientre, donde podía estar empezando a desarrollarse una nueva vida.

–Y una familia –concluyó él, casi con reverencia–. Mi querida Cassandra, mi amor, mi corazón, mi vida, si te pidiera otra vez…

Pero Cassie no podía esperar No necesitaba oír sus palabras. Conocía su respuesta y estaba impaciente por decirle de una vez que era suya y sólo suya para siempre.

–Joaquín Alcolar –dijo con severidad fingida–, estás dando muchas vueltas. ¿Intentas pedirme que me case contigo?

–Eso mismo –dijo Joaquín con tono sombrío–. Y me estoy esforzando por hacerlo bien esta vez.

–¡Oh, Joaquín!

Soltó un suspiro de éxtasis, de felicidad total y absoluta. El júbilo se reflejó en su rostro y sus ojos brillaron como zafiros.

–Lo has hecho bien, cariño mío, créeme… no podrías hacerlo mejor, por más que lo intentaras.

Se agachó, agarró su mano, tiró de él para levantarlo y lo abrazó con fuerza.

–Y la respuesta es sí, mi amor. Sí, sí, ¡sí! ¿Puedes darte prisa y besarme antes de que muera de impaciencia?

La sonrisa de Joaquín fue tan esplendorosa como la de ella. Miró su adorable rostro y sus ojos brillaron suavemente, reflejando el amor de su corazón.

–Será todo un placer –aseguró, inclinando la cabeza para demostrarlo.

**Podrás conocer la historia de Ramón en el
Bianca del próximo mes de Kate Walker
titulado: *Ambición***

¡Escapa con los Romances de Harlequin!

¡Nuevos
títulos
cada mes!

Bianca Historias de amor internacionales

Deseo Apasionadas y sensuales

Jazmín Romances modernos

Julia Vida, amor y familia

Fuego Lecturas ardientes

¡Compra tus novelas hoy!

Disponibles en el departamento de libros de tu tienda local

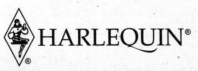

HARLEQUIN®

www.eHarlequin.com/Spanish

Acepte 2 de nuestras mejores novelas de amor GRATIS

¡Y reciba un regalo sorpresa!

Oferta especial de tiempo limitado

Rellene el cupón y envíelo a
Harlequin Reader Service®
3010 Walden Ave.
P.O. Box 1867
Buffalo, N.Y. 14240-1867

¡Sí! Por favor, envíenme 2 novelas de amor de Harlequin (1 Bianca® y 1 Deseo®) gratis, más el regalo sorpresa. Luego remítanme 4 novelas nuevas todos los meses, las cuales recibiré mucho antes de que aparezcan en librerías, y factúrenme al bajo precio de $3,24 cada una, más $0,25 por envío e impuesto de ventas, si corresponde*. Este es el precio total, y es un ahorro de casi el 20% sobre el precio de portada. ¡Una oferta excelente! Entiendo que el hecho de aceptar estos libros y el regalo no me obliga en forma alguna a la compra de libros adicionales. Y también que puedo devolver cualquier envío y cancelar en cualquier momento. Aún si decido no comprar ningún otro libro de Harlequin, los 2 libros gratis y el regalo sorpresa son míos para siempre.

416 LBN DU7N

Nombre y apellido	(Por favor, letra de molde)
Dirección	Apartamento No.
Ciudad	Estado	Zona postal

Esta oferta se limita a un pedido por hogar y no está disponible para los subscriptores actuales de Deseo® y Bianca®.
*Los términos y precios quedan sujetos a cambios sin aviso previo.
Impuestos de ventas aplican en N.Y.

SPN-03   ©2003 Harlequin Enterprises Limited

Bianca®

Tenía que casarse con el jeque...

Katrina había sido rescatada en mitad del desierto por un hombre a caballo que la había llevado a su lujosa morada.

A pesar de la atracción que había entre ellos, el jeque seguía pensando que Katrina no era más que una prostituta... Pero no podía dejarla con otros hombres, así que para protegerla tenía que casarse con ella.

Entonces él descubrió que era virgen...

Y eso lo cambiaba todo. Ahora Katrina tendría que ser su esposa de verdad.

Poseída por el jeque

Penny Jordan

Deseo®

Enemigo y amante
Merline Lovelace

Cuando la cazadora de huracanes
Kate Hargrave conoció al piloto de
pruebas Dave Scott, la cosa empezó a
calentarse. Pero era un calor del que
Kate prefería alejarse después de haberse quemado una vez. Especialmen-
te teniendo en cuenta la reputación de
mujeriego de Dave...

Era cierto que Dave había tenido mucho éxito con las mujeres, pero eso
pertenecía al pasado. Porque en
cuanto vio a la guapísima investiga-
dora con la que iba a tener que trabajar en aquel proyecto, supo que tenía que convencerla de que las
apariencias engañaban...

**La temperatura estaba aumentando... y no tenía
nada que ver con el tiempo**